Night Walker

Emergency

The Final Battle

나이트 워커 5 (완결) 이머전시(Emergency)

초판 1쇄 인쇄 / 2012년 2월 29일
초판 1쇄 발행 / 2012년 3월 9일

지은이 / 임동욱

발행인 / 오영배
편집팀장 / 신동철
책임편집 / 박민선
편집디자인 / 신경선
펴낸 곳 / (주)삼양출판사 · 드림북스

주소 / 서울특별시 강북구 송천동 322-10호
대표 전화 / 02-980-2112 팩스 / 02-983-0660
편집부 전화 / 02-980-2116 팩스 / 02-983-8201
블로그 / blog.naver.com/dreambookss

등록번호 / 제9-00046호
등록일자 / 1999년 3월 11일

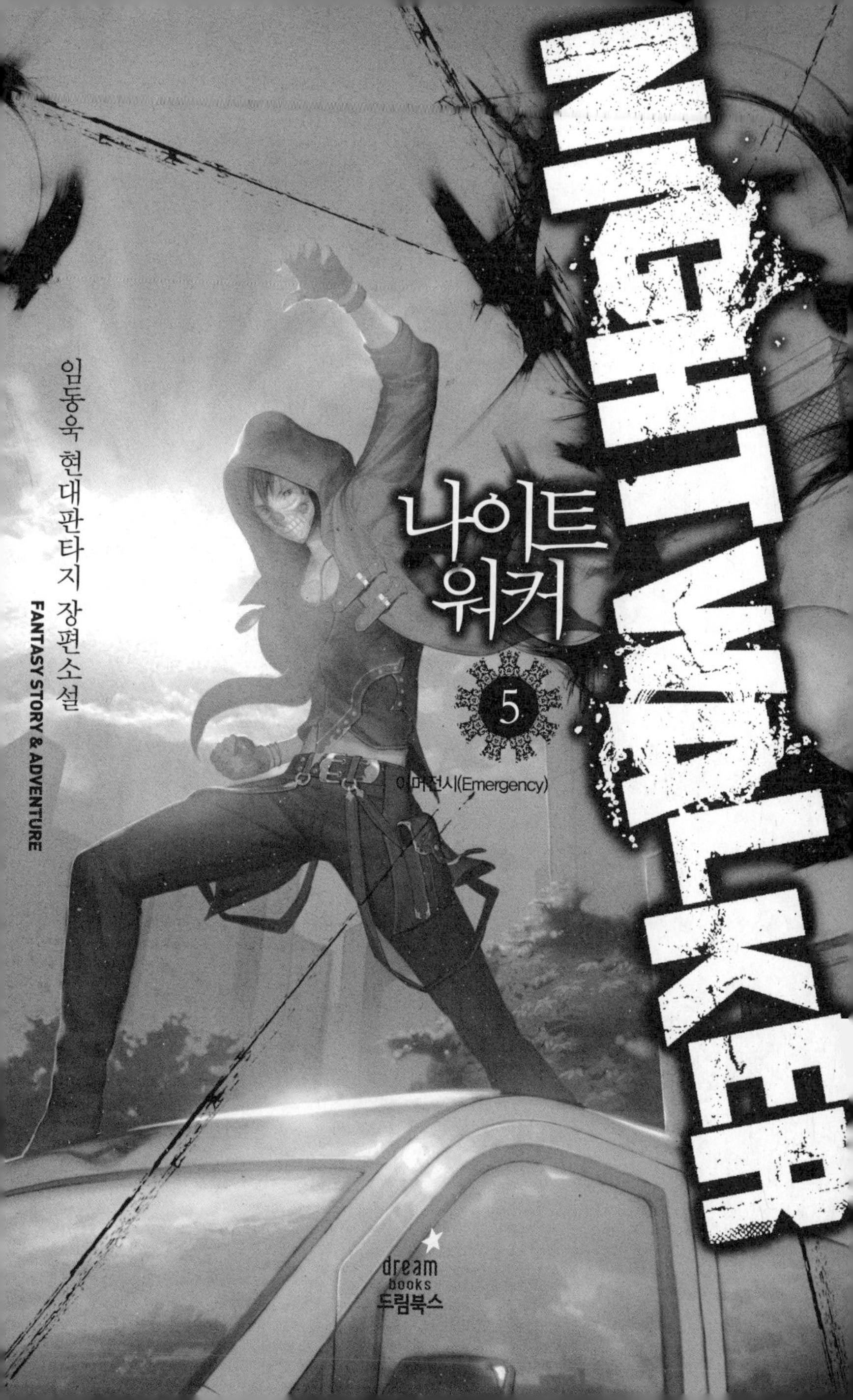
NIGHTWALKER
임동욱 현대판타지 장편소설
FANTASY STORY & ADVENTURE
나이트 워커
5
이머전시(Emergency)
dream books
드림북스

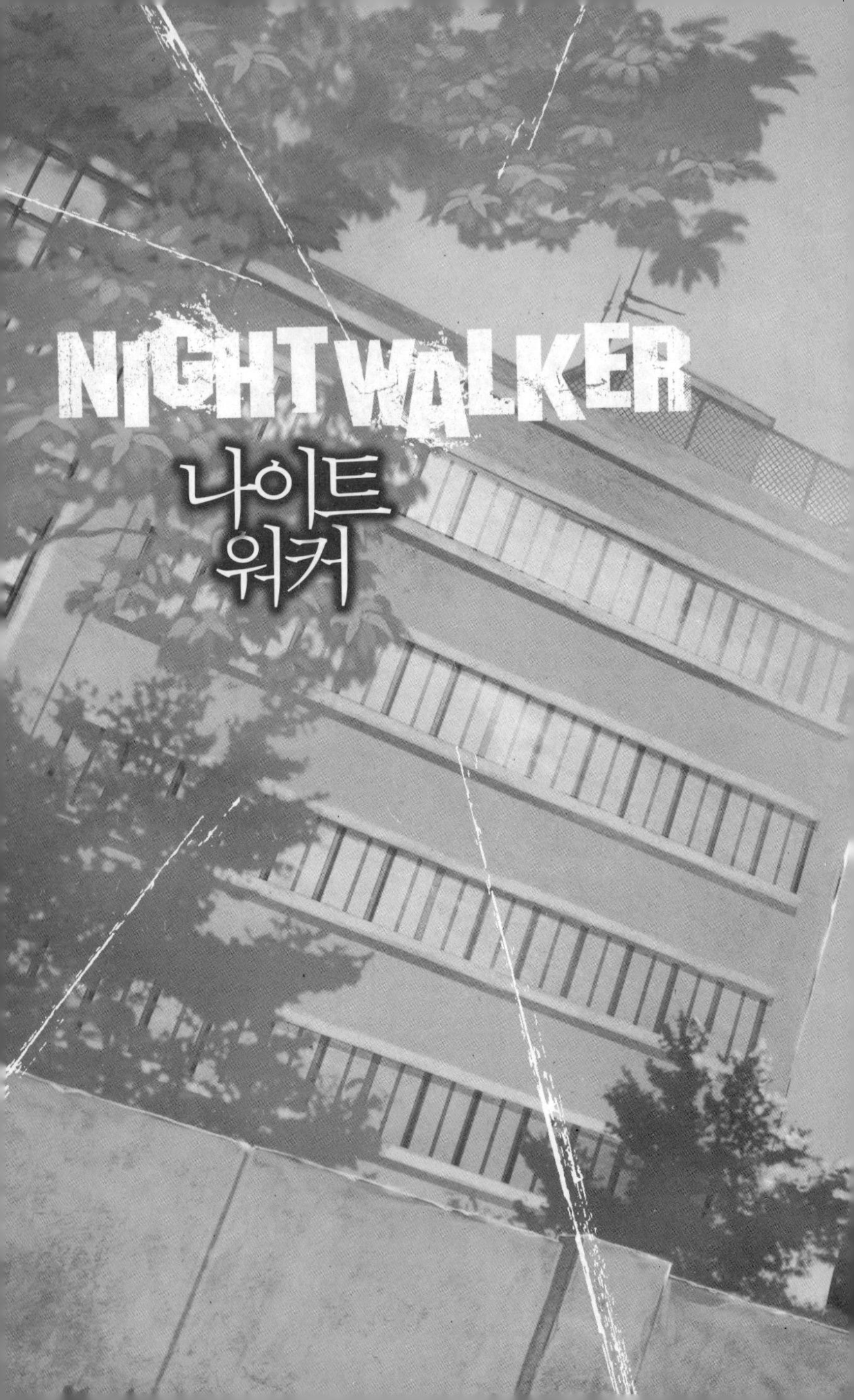
NIGHTWALKER
나이트
워커

Contents

Battle 00

내려놓음

때는 민철이 스무 살이 되던 해.

민철은 고등학교를 졸업한 뒤 백수로 지냈다. 돈이 필요하면 간간히 아르바이트를 하는 정도였다.

반면 대철은 똑똑한 머리를 이용해 좋은 대학에 들어갔다.

명암이 엇갈렸지만 두 사람의 관계는 크게 달라진 게 없었다. 민철이 대학교에 미련이 있는 것도 아니었고 대철이 그런 것으로 으스댈 인물도 아니었으니까.

그리고 두 사람에게는 동일한 목표가 있었다. 나이트 워커로 활동하는 것과 요환을 막는 것이다.

고등학생 시절 요환은 갑작스럽게 능력을 깨우쳤고 자취

를 감췄다. 그 이후로 영영 못 보는가 싶더니 전혀 예상치 못한 모습으로 등장했다.

엄밀히 말하면 그가 대놓고 모습을 드러낸 것은 아니었다. 다만 흔적을 남겼다. 끔찍한 모습의 시체와 함께.

"넌 지금 밥이 넘어 가냐?"

이곳은 선지국 전문 식당.

민철은 게걸스럽게 숟가락질을 하였고 대철은 그런 민철을 한심하다는 듯 바라보았다. 대철이 선지국에 숟가락을 못 담는 이유는 다른 게 아니었다.

두 사람은 방금 전에 순찰을 돌다가 시체를 발견했다. 머리가 짓뭉개진 시체였다.

올해 들어서 벌써 다섯 번째 살인사건이었다. 피해자들 사이에는 아무런 연관성이 없었고 증거는 나오지 않았다. 수사는 지지부진하였지만 민철과 대철은 시체를 통해 한 가지 사실을 알아냈다.

살인을 저지른 게 바로 요환이라는 사실. 끔찍한 모습의 시체에는 요환의 기운이 고스란히 담겨 있었다.

과하다 싶을 정도로 격하게 국밥을 퍼먹던 민철은 욕을 뱉으며 숟가락을 놓았다. 밥알이 밑으로 뚝뚝 떨어진다.

"젠장."

밥을 먹어도 먹는 게 아니었다. 그냥 허기를 채우고자 먹는 것일 뿐, 무슨 맛인지 느끼지도 못했다. 속으로는 다른 음식도 아니고 선지국 식당에 온 걸 살짝 후회 중이다.

"그 자식. 대체 무슨 생각이지? 그 녀석 정도면 자신의 흔적을 감추는 것 정도는 할 수 있잖아? 그런데 왜 보란 듯이 기를 흘리고 지랄이야?"

대철이 답했다.

"간단하지. 우리 보라고 일부러 남긴 거야."

"남겨서 뭐 어쩌려고?"

"말했잖아. 보라는 거지. 내가 한 짓이다. 보고 있느냐. 한번 막을 테면 막아 봐라. 이런 거 아니겠어?"

"그럼 왜 사람을 죽였을까? 그 자식 정말 돌아 버린 거 아니야?"

"피해자들도 구린 구석이 있었겠지. 그걸 요환은 알았고, 경찰은 모르는 걸 거야. 그 구린 구석이라는 게 법적인 문제가 아니라 도적적인 문제일 수도 있지. 도덕적인 잘못은 공권력이 어떻게 한다고 밝혀낼 수 있는 일이 아니니까. 이건 내 예상이지만, 요환이 그 자식도 우리와 비슷한 일을 하는 것 같아."

"비슷한 일이라니. 그건 또 무슨 소리야?"

대철은 민철의 눈을 똑바로 마주 보며 말했다.

"나이트 워커."

"무슨."

"우리는 우리가 가진 특별한 힘으로 공권력이 닿지 않는 곳에서 벌어지는 일을 해결하려고 하잖아. 불량배나 조폭이 사람을 괴롭히거나, 화재나 교통사고가 벌어지면 곧바로 출동해서 수습하지. 말하자면 요환이 자식도 자기 나름대로의 방식대로 나이트 워커 일을 하고 있는 거 아닐까?"

민철은 고개를 저었다.

"아니야."

민철은 그것이 요환이라도 되는 것처럼 국밥을 노려보며 중얼거렸다.

"놈은 그냥 혼란을 원하는 거야. 그 자식은 능력을 깨닫기 전에 세상에 분노하고 있었어. 잘못된 것이 옳은 세상을 증오했다고. 정상적이라면 잘못된 세상을 바로 잡으려 하겠지만 놈은 아니야. 오히려 더욱 비정상이 되기를 바라고 있어."

"왜 그렇게 생각하지?"

한껏 심각해져 있던 민철은 기운 빠지는 대답을 했다.

"그냥. 그 녀석은 미쳤으니까."

몇 개월 전부터 민철과 대철은 요환의 흔적을 쫓았지만 이렇다 할 단서를 잡지는 못했다. 현재 그가 있는 장소를 알아내지 못했고, 다음에 벌어질 살인사건도 막지 못했다. 그리고 요환이 언제까지 이런 짓을 반복할 건지조차 알 수가 없었다.

하지만 그들 나름의 수사는 계속되었다. 요환이 계속 살인을 저지르게 놔둘 수는 없었다.

"제기랄."

민철은 특히 더 마음이 불편했다. 요환이 저지르고 있는 짓이 민철의 잘못은 아니었지만 나름 책임감을 느꼈기 때문이다.

더 좋은 쪽으로 나갈 수 있는 열쇠를 자신이 쥐고 있었는데, 그 열쇠를 제대로 활용하지 못한 것에 죄책감을 느꼈다.

두 사람은 그날 밤에도 거리를 돌며 순찰을 했다. 벌써 몇 개월째 이러고 다니는 건지.

민철과 대철은 빠르게 걸으며 눈으로는 거리를 살폈지만 머릿속으로는 각자 다른 생각을 하고 있었다. 반쯤은 의무가 되어 버린 일이었다.

과연 이런 식으로 요환을 잡을 수 있을까 하는 회의가 들었다. 하지만 그날은 달랐다.

어디선가 대놓고 요환의 기운이 풍겨 왔다. 동시에 기운을 느낀 민철과 대철은 서로 얼굴을 바라본 후 누가 먼저랄 것도 없이 앞으로 달려 나갔다.

가로등 불빛이 없는 어두운 골목이었다. 가로등이 있긴 했지만 고장 난 건지 불이 들어오지 않았다. 두 사람이 골목에 진입하자 마치 짠 것처럼 가로등 하나에 불이 들어왔다.

"이건."

바닥에 한 중년 남성이 쓰러져 있었다. 남자 주변에 피가 흥건했다. 자세히 살펴볼 것도 없이 이미 죽어 있다는 사실을 알 수 있었다. 민철은 인상을 구기며 밤하늘에 대고 외쳤다.

"오요환! 나와! 당장 튀어나오라고!"

"어이구, 무서워라."

요환은 지체하지 않고 모습을 드러냈다. 그는 골목 벽 위에 앉아 있었다. 요환의 등장에 대철은 싸움 자세를 취했고 민철은 눈에 핏발을 세웠다.

"이 자식아! 너 대체 무슨 짓이야! 너 미쳤어!? 왜 사람을 죽이고 다니는 거야! 대체 왜, 왜!"

"이유가 알고 싶어?"

요환은 어린아이처럼 웃으며 말했다.

"그 사람은 죽을 만한 이유가 없어. 딱히 나에게 원한을 지지도 않았어. 죽는 순간에도 왜 죽는지 이유도 몰랐을 거야."

"그럼 왜!"

"글쎄 왜 그랬을까? 이 이상한 능력을 얻고 나서부터 줄곧 궁금했어. 나한테 이런 능력이 생긴 이유가 뭘까 하고 말이야."

요환은 뜬금없이 화제를 돌렸다.

"오래도록 고민을 한 결과 답이 나왔어. 그냥. 아무 이유 없다는 거야. 왜 그런 거 있잖아. 누구는 얼굴이 잘생기고, 누구는 못생기고, 누구는 태어날 때부터 돈이 많고, 누구는 아니고. 랜덤이라 이거지. 그래, 세상은 불공평한 거야. 세상에 신이 존재하고, 어떤 거대한 이치가 존재한다면 내게 이런 힘이 생기지 않았을 거야. 생각해 봐. 이 막강한 힘으로 아무런 이유도 없이 사람을 죽였어. 신이나 섭리가 존재한다면 내게 이런 힘을 줄 이유가 없어."

"뭔 개소리야⋯⋯."

"간단해. 세상은 불공평한 거라 이거지. 죄를 짓지 않아도 죽을 수 있어. 온갖 악독한 짓을 해도 드러나지만 않는다면 영웅으로 칭송받을 수 있지. 세상은 불공평하고 그게 정상인 거야. 이제야 난 깨달았어."

요환은 민철과 대철을 번갈아 가며 쳐다보았다.

"너희는 날 막고 싶은 거지? 내가 나쁜 짓을 저지르니까 막으려는 거잖아. 난 이유도 없이 살인을 저지르는 나쁜 놈이고 너희는 선한 영웅이잖아. 원래대로라면 너희가 이겨야 정상이겠지. 선하고 옳은 자가 약하다면 그건 불공평한 일이야."

요환은 담벼락 아래로 내려왔다.

"하지만 아까도 말했듯이 세상은 원래 불공평한 거야."

요환이 발로 바닥을 차자 검은 폭풍이 사방에서 몰아쳤다. 가뜩이나 어두운 밤인데 검은 안개로 인해 더욱 시야가 좁아졌다.

민철과 대철은 강하게 불어닥치는 기운에 자세를 바로 잡아야 했다. 요환이 말했다.

"옛정을 생각해서 이번은 그냥 넘어가 줄게. 충고하는데 그냥 평범하게 살아. 뭔가 하려고 하지 마. 나서지 마. 입을 다물고 귀를 닫아, 눈을 감으라고. 비판하지 마. 입에 발린 소리만 해. 항상 웃어. 거짓말을 해. 진실을 말하지 마. 뭉쳐 다니고 줄을 잘 서야 해. 그게 바로 세상을 살아가는 방법이야."

"닥쳐!"

민철과 대철이 양쪽에서 동시에 접근했다. 요환은 양손을 뻗어 허공을 움켜쥐었다. 그러자 민철과 대철이 보이지 않는 힘에 목이 잡혀 허공으로 떠올랐다. 잡히는 순간 머리에 피가 몰려 두 사람의 얼굴이 급속도로 붉어졌다.

"크흑!"

"컥!"

저항할 수 없는 힘이었다. 직접 붙잡은 거라면 몸부림이라도 쳐서 저항해 볼 텐데 실체가 없는 힘이라 그럴 수도 없었다. 손으로 뿌리친다거나 발로 차는 게 불가능했다. 아무리 몸부림쳐도 벗어날 수가 없었다.

몇 년 지나지도 않았는데 요환이 지닌 힘은 상상할 수 없을 정도로 강해져 있었다. 반면 두 사람의 능력은 그때와 다름없이 제자리걸음이었다.

"이래도 계속할 거야?"

"그, 그만!"

대철이 비명을 지르듯 외치자 요환은 그를 놓아 주었다. 반면 민철은 끝까지 포기하지 않았다. 두 눈이 터질듯이 충혈돼 있었고 침이 질질 흘렀지만 두 눈은 똑바로 요환을 쳐다보았다.

"개자식아…… 내가 포기할 것 같으냐? 큭! 네놈을 때려눕히기 전까지는 절대로 포기 안 할 거다……."

"그래? 그럼 어쩔 수 없지. 죽어."

요환은 더욱 강하게 목을 옥죄었다.

"젠장! 끄윽! 이거 놔!"

민철은 몸부림 끝에 간신히 풀려날 수 있었다.

"정말로 포기하지 않을 거야?"

"그래! 네놈 아구창을 날려 버리지 않으면 속이 후련해지지 않을 것 같다!"

"그래? 그럼 해 봐."

민철은 요환을 노려보기만 할 뿐 달려들지는 않았다. 단순히 목을 조른 힘에 저항하는 것만으로도 극심한 체력을 소모했기 때문이다.

"지금 봐봐. 못 하잖아. 아무것도 할 수 없으면서 말만 많잖아. 그런 자신이 부끄럽지도 않아? 왜 지키지도 못할 말을 하는 거야. 깨끗하게 패배를 시인해. 너는, 너희는 안 돼. 너넨 불공평함을 이길 수 없어. 마지막으로 충고할게. 포기해."

"웃기지 마!"

민철은 포기하지 않고 냅다 요환에게 달려들었다. 힘껏 주먹을 내뻗었지만 요환의 동작이 더 빨랐다. 요환의 손바닥이 민철의 복부를 가격했다.

"커헉!"

공격을 맞은 민철은 입에서, 코에서, 두 눈과 귀에서 피를 뿜었다. 그 처절한 광경에 대철은 눈을 크게 떴다.

"남민철!"

"꺼헉. 끄윽!"

민철은 바닥에 쓰러져 부들부들 떨었다. 요환이 손을 털며 말했다.

"단전을 파괴했어. 앞으로 그는 기를 사용하지 못할 거야. 생각해 보니까 그놈의 기가 문제인 것 같아. 그냥 고분고분 시키는 대로 할 것을, 괜히 능력이 생겨서 설레발치는 거잖아? 안 그래?"

"이 자식."

대철은 요환을 노려보았다.

"왜? 너도 싸우려는 거야?"

"……."

대철은 노려보다가, 눈을 밑으로 내리깔았다. 그에게는 대항할 용기가 없었다. 기의 섬세한 운용이라면 모를까, 폭발력이나 전체적으로 보면 민철이 대철보다 강했다.

그런 민철이 손도 못 쓰고 녹다운 되었다. 그 광경에 대철은 제대로 붙어 보지도 않고 마음을 접었다.

"좋아. 대철이 너는 포기한 듯 보이니까 그냥 넘어갈게. 똑똑히 기억해 둬. 너희가 세상을 바꾸는 게 아니야. 세상이 너희를 길들이는 거지."

요환은 그 말을 끝으로 어둠 속으로 녹아들었다. 요환이 사라지자 대철은 민철에게 집중했다.

"민철아! 정신 차려 봐. 이런 젠장. 대체 무슨 짓을 한 거야."

얼굴이 피범벅이 된 민철은 정신을 차리지 못했다. 호흡이 약해져 있었고 입으로는 잠꼬대 같은 소리를 중얼거렸다. 너무나 처참한 모습에 대철은 평소 침착한 모습은 찾아볼 수 없이 이성을 잃고 당황했다. 당장 안고서 병원에 데리고 가도 모자랄 판국에 우물대고 있었다.

"거기 무슨 일 있우?"

대철이 손을 못 쓰고 시간만 버리고 있을 때, 누군가의 목소리가 들려왔다. 키가 작은 노인이었다. 노인은 자신의 하얀 콧수염을 만지작거리며 대철과 바닥에 쓰러진 민철을 번갈아 가며 쳐다보았다.

대철은 민철을 등에 업고서 노인을 뒤따랐다. 민철의 상태를 살피던 노인의 한마디 때문이었다.

"따라오게."

짧은 말이었지만 대철이 정신을 차리고 보니 이미 노인의 뒤를 따르고 있었다. 노쇠한 목소리엔 왠지 모르지만 거역할 수 없는 힘이 있었다.

노인을 따라 들어간 곳은 허름한 건물 2층이었다. 뭐하는 곳인지 안에는 아무런 가구도 없고 빈 창고처럼 텅 비어 있었다.

대철은 노인이 시키는 대로 민철을 바닥에 내려놓았다. 노인은 정신 못 차리는 민철의 상체를 일으켜 세우고는 등에 손을 얹었다. 지압을 하듯 손가락을 날카롭게 세워 등의 이곳저곳을 찔렀다.

"흐음!"

그러자 민철은 울컥하며 피를 토했다. 대철이 이게 무슨 짓이냐며 노발대발하자 노인은 갑자기 땀으로 흥건해진 이마를 닦으며 말했다.

"기도를 막고 있던 피를 뽑아냈다네. 상태가 심각하지만 내가 오늘 하루만 손보면 금방 나을 걸세. 단전이 파괴된지라 병원에 가도 소용없을 거야."

대철은 그때서야 노인이 기 능력자라는 사실을 알아차렸다. 자신 또한 기 능력자인데 그 사실을 뒤늦게 알았다는 건, 자신보다 이 노인의 기 운용이 더 뛰어나다는 증거일 터. 대철이 물었다.

"여, 영감님은 누굽니까?"

노인은 콧수염을 어루만지며 되물었다.

"오히려 내가 묻고 싶군. 자네들은 대체 뭔가? 거기서 뭐하고 있었던 겐가?"

이걸 말해야 하나 말아야 하나 잠시 고민하던 대철은 결국 이야기를 털어놓았다.

자신들을 도와준 것도 있었고 노인에게서는 왠지 믿을 수 있다는 아우라가 풍겨져 나왔다. 대철은 순순히 지난 이야기들을 털어놓았다.

"그렇군. 자네들이 그 나이트 워커였단 말이지."

"모르셨습니까? 기를 보고 판단할 수 있지 않나요?"

대철의 말에 노인은 고개를 저었다.

"일부러 기를 읽지 않는다네. 그건 상대의 마음을 읽는 거나 다름이 없거든."

"혹시 저희를 경찰에 신고하실 생각이십니까?"

"그럴 리가. 나랑 무슨 상관이 있다고 경찰에 신고를 하나."

"좋게 봐 주시는 겁니까?"

"아니. 대견하게도, 나쁘게도 보지 않네. 그냥 그렇구나 하고 생각해. 자네도 나이를 먹다 보면 세상일에 무덤덤해질 걸세."

노인의 말을 들으며 대철은 깊은 생각에 잠겼다. 방금 전에 있었던 요환과의 싸움이 떠올랐다. 잠깐이었지만 대철은 생명에 위협을 느꼈다. 정말 까딱했다간 죽을 수도 있었겠구나 하는 생각을 했다.

그것은 평소에 느껴 본 적인 없는 근본적인 두려움이었다. 죽을 수도 있다는 두려움, 어찌해 볼 도리가 없다는 막막함.

대철은 곤히 누워 있는 민철을 보며 고개를 저었다.

"영감님, 저희 왔어요."

침묵이 흐르는 가운데 밖에서 카랑카랑한 여인의 목소리가 들려왔다. 대철은 고개를 들어 문 쪽을 바라보았다. 그곳에는 두 여인이 서 있었다.

한 명은 짧은 머리에 짧은 옷을 입고 있었고 얼굴에는 자신감이 넘쳐 보였다.

다른 한 명은 긴 머리에 긴 치마. 옆에 있는 여성과 달리 조용하고 수줍은 성격이란 것이 얼굴에서부터 딱 드러나 있었다.

그렇게 서로 다른 개성을 지닌 두 여성의 등장에 대철은 고개를 갸웃했다.

"누굽니까?"

노인은 머쓱해하며 둘러대는 투로 말했다.

"이상하게 들릴지는 모르겠지만 내 제자들이네."

"제자?"

"어차피 자네도 기 능력자이고 자신의 이야기를 허심탄회하게 했으니 나도 스스럼없이 말하지. 저 아이들은 나에게서 기의 운용에 대해서 배우고 있어."

"저 여자들이요?"

대철은 다시 한 번 고개를 갸웃했다. 그 반응이 마음에 들지 않았는지 단발 여성이 양 허리에 손을 얹으며 말했다.

"뭘 그렇게 봐요? 왜요, 여자가 기 배운다니까 이상해 보여요?"

"아, 아니. 그런 건 아닌데."

대철은 그리 말하며 긴 머리 여성을 살폈다. 그녀는 낯을 가리는 성격인지 은근슬쩍 단발 여성의 뒤로 숨어 있었다.

키도 자신이 더 크면서 자기보다 작은 사람 뒤에 숨으니 그 모습에서 왠지 모르게 웃음이 났다.

"……."

대철은 장발 여인을 뚫어져라 바라보았다. 이제껏 살면서 여자를 보고 예쁘다고, 매력적이라고 느껴 본 적이 없는 그였다.

그런 바싹 마른 장작 같은 감성을 지녔던 대철은 생전 처음으로 가슴이 두근거리는 감정을 느꼈다. 그것은 장작에 불이 붙는 것과 같았다.

'뭐야, 이 느낌은.'

노인은 자신의 이름을 박 영감이라고 소개했다. 그에 대철이 물었다.

"정말로 그게 이름입니까?"

"그럴 리가 있나. 그냥 편하게 그리 부르게."

상태가 회복된 민철은 그 후로도 박 영감의 건물을 자주 찾았다. 상실한 기를 회복하기 위함이었다. 박 영감은 동정심이라도 느낀 건지 아무런 조건도 없이 그를 도와주었다. 거기에 대해서 박 영감은 이렇게 설명했다.

"자네는 이미 돌이킬 수 없을 만큼 몸이 상했어. 단전이 파괴된다는 게 어떤 의미인지 알고 있나? 기가 혈액이라고 치면 단전은 맥이야. 혈관인 셈이지. 그 혈관이 엉키고 막혀 버린 거야. 그럼 어떻게 되겠나. 피가 제대로 흐르지 않아 고이거나 혈관이 터지거나 그렇게 되겠지? 툭 까놓고 말하겠네. 자네는 맥을 파괴당해서 오래 살지 못할 거야. 이미 안에서부터 손을 쓸 수 없을 정도로 뒤틀렸다 이 말이네."

"……."

박 영감의 말에 민철은 큰 반응을 보이지 않았다. 오히려 눈치를 보는 건 박 영감이었다. 민철이 물었다.

"아주 방법이 없습니까?"

"예전에 어떤 사람이 파괴당했던 맥을 복구했던 일이 있긴 했는데……."

"어떤 방법입니까?"

"그건 거의 사고에 가까운 거였으니 그냥 예외라고 치세. 똑같이 반복한다고 될 리도 없고, 기 살리겠다고 사람 죽일 순 없지 않나. 그래도 계속 기 수련을 하면 미약하게나마 회복은 할 수 있을 거야. 왜 그런 거 있잖나, 조금 더 기간을 연장하는 뭐 그런 거…… 하지만 아무리 노력한다고 해도 전처럼 자유롭게 기를 다룰 수는 없어."

"……."

민철은 멀뚱멀뚱 박 영감을 바라보기만 했다. 어떠한 대답도 하지 않았다.

"그, 그럼 난 잠시 가 볼 데가 있어서……. 옆 동네 김 영감에게 돈 빌려 준 게 있거든. 이 인간이 석 달이 지나도록 안 갚고 있어."

그렇게 말하며 박 영감은 도망치듯이 건물을 빠져나갔다. 창고같이 휑한 공간에 홀로 남은 민철은 기둥에 등을 기대고 서 앉았다.

맥을 파괴당한 민철은 전과 많이 달라져 있었다. 입은 웃지 않았고 눈은 날카로워졌다. 언제나 활달하고 긍정적인 기운을 내뿜던 민철은 사라지고 어둡고 음침한 남자만이 남게 되었다.

"뭐야. 아무도 없나?"

민철이 쓸쓸하게 있는데 누군가가 들어왔다. 저번에 민철이 정신을 잃었을 때 얼굴을 비친 적이 있는 단발머리 여성이었다. 그녀의 오른손에는 검은 봉투가 들려 있었다.

그녀는 구석에 쪼그리고 있는 민철을 보고는 말을 걸었다.

"어라, 당신? 그때는 다 죽어 가는 것처럼 보이더만 멀쩡하네? 여긴 무슨 일이야?"

"넌 뭐야."

"그러는 당신은 뭔데? 우리 도장엔 왜 있어? 당신도 박 영감님 제자가 된 거야?"

"제자? 그냥 비슷한 거라고 해 두지."

"그렇구나. 자."

그녀는 밝게 웃으며 손을 건넸다. 악수를 청하는 것이다.
그러나 민철은 그 손을 그냥 바라보기만 했다.

"뭐하는 거야, 여자가 먼저 손을 건넸는데 남자가 돼서 잡
아 주지도 않냐?"

민철은 마지못해 악수를 받아 주었다.

"환영해. 내 이름은 혜정이야, 장혜정. 너는?"

"남민철."

"헤에, 남자다운 이름이네."

혜정은 계속해서 말을 걸었고 민철은 귀찮다는 듯이 툭툭
말을 던졌다. 대화는 평행선을 달렸지만 혜정은 개의치 않고
계속 말을 걸었다.

신 나게 조잘거리던 혜정은 갑자기 달라진 눈빛으로 민철
을 바라보았다.

"잠깐만, 너 뭐야."

"뭐, 뭐가."

"이 기운, 익숙해."

"그러니까 뭐가."

"너한테서 느껴지는 기운. 미약하지만 느낄 수 있어. 너 설
마 나이트 워커?"

혜정의 말에 민철은 본능적으로 미간을 구겼다. 거짓말을 할 수도 있었지만 너무 갑작스런 타이밍에 대놓고 물어본지라 저절로 답변해 버렸다.

"네가 그걸 어떻게 알아?"

"말했잖아. 느낄 수 있다고."

혜정은 손가락으로 'V'자를 그리며 말했다.

"세상에 기 능력자가 너 혼자만 있는 줄 알았니? 이래 봬도, 나도 기 능력자라고."

민철은 믿을 수가 없다는 듯이 혜정을 바라보았다. 보기에는 그냥 예쁘장한 여자에 불과한데 기 능력자였다니.

물론 세상에 기 능력자가 자신과 대철밖에 없다고는 생각하지 않았지만 이렇게 시시한 방식으로 만날 줄은 몰랐다. 좀더 극적인 만남을 기대했는데 말이다.

"이야. 진짜 신기하다. 너 같은 애가 나이트 워커였다니. 난좀 더 나이가 많을 줄 알았는데."

"넌 몇 살인데? 그리고 보니 아까부터 계속 반말이네."

"나? 나 스무 살인데, 넌?"

"나도 스무 살이다."

"에이, 동갑이네. 동갑끼리 존대할 거 뭐 있어. 너도 말 놔."

"……."

민철은 에라 모르겠다는 식으로 혜정의 대화에 동참했다. 귀찮아서 무시하고 싶었지만 실실거리는 얼굴 앞에다 대고 침을 뱉을 수는 없었다. 게다가 그녀에게는 묘한 힘이 있었다. 대놓고 싫어하거나 미워할 수 없는 알 수 없는 힘이.

그녀는 나이트 워커 이야기가 나오자 눈을 반짝반짝 빛냈다. 알고 봤더니 혜정은 그전부터 나이트 워커에 대한 기사를 수집하고 있었다.

그녀 나름대로 동경을 표한 것이다.

"네가 별 생각 없이 나이트 워커 일을 해 왔는지는 몰라도 내게는 정말 경이로웠어. 생각해 봐. 인간을 뛰어넘는 능력이 생기면 보통 뭐부터 하겠어. 돈을 번다거나, 고작 해야 그런 식이겠지. 결국 자기 이득을 챙길 거야. 하지만 넌 안 그렇잖아. 다른 사람들을 위해 자신의 이득 같은 건 생각하지 않고 봉사하는 거잖아. 세상에 그런 사람이 어디 있어? 그건 뭐랄까……. 아아, 정말 멋진 일이야."

"뭐, 그런."

민철은 쑥스러움을 감추지 못했다. 그녀의 말대로 별 생각 없이 시작한 일이 맞았다. 그냥 힘이 생겼는데 어디다가 써야 할지 모르겠고, 개인적인 일에 쓰자니 양심에 찔리고 대놓고 드러내기도 뭐하다.

그러니 뒤에서 드러내지 않고 사회에 보탬이 되는 일을 해 보자, 그런 생각으로 시작한 게 바로 나이트 워커였다.

말하자면, 그건 평소에 길바닥에 있는 쓰레기를 안 줍던 사람이 어쩌다가 생각이 바뀌어서 쓰레기를 줍는 것과 별반 다르지 않은 행위였다.

그런데 그것이 다른 누군가에게는 감동적으로 다가갔다니, 문득 자신이 한 일이 새롭게 다가왔다. 새삼스럽게도 말이다.

"그게…… 생각처럼 그렇게 멋있는 것만은 아니야."

"왜? 나한테 엄청 멋있게 보이던데."

민철은 대철과 함께 나이트 워커로 활동했던 경험담을 들려주었다.

할 일 없는 백수처럼 백주대로를 하염없이 걸었던 일, 불량배들에게 추행당하던 여인을 구해 줬는데 오히려 민철과 대철을 더 이상하게 보고서 신고당했던 일, 의견이 안 맞아서 둘이 싸웠던 일 등등.

영웅적인 일이라기보다는 꽤나 평범한 친구들끼리 있었던 일 정도의 느낌이었다. 혜정은 재밌다는 듯이 웃었다.

그러다 혜정이 순박한 얼굴로 물었다.

"그런데 왜 여기서 이러고 있는 거야?"

혜정의 물음에 민철의 표정이 경직되었다.

"듣고 싶어?"

"왜? 무슨 일 있었어?"

민철은 손으로 톡톡 자신의 배를 두드렸다.

"단전이 파괴당했대. 그래서 더 이상은 기를 사용할 수 없어. 물론 계속 수련을 하면 어느 정도는 회복된다지만, 어찌됐든 앞으로는 더 이상 나이트 워커 일을 할 수 없어. 이제 다 끝난 거야."

"왜? 어쩌다가?"

민철은 이런 것까지 이야기해야 하나 고민하다가 결국 다 털어놓았다. 요환과의 만남, 그가 변한 후 살인사건을 벌였으며 그를 막으려다가 결국 이렇게 되었다는 것까지.

가만히 이야기를 듣던 혜정은 민철을 껴안았다. 갑작스런 포옹에 민철은 얼굴이 확 달아오르는 걸 느꼈다. 혜정은 어린아이를 달래듯 민철의 등을 토닥였다.

"그런 일이 있었구나. 난 몰랐어."

"됐어. 어차피 다 지난 일이야."

민철의 얼굴을 빤히 바라보던 혜정이 넌지시 물었다.

"그럼 앞으로는 어떻게 할 거야?"

"그 영감 밑에서 기를 수련할 거야. 다시 회복하고 그다음에 생각할 거야."

"헤헤, 그렇구나. 절대로 포기하지 마. 나도 옆에서 도와줄게."

"그러고 보니 넌 뭐야? 왜 영감님 밑에서 기 수련을 받고 있어?"

"나? 그게, 뭐라고 하면 좋을까."

혜정은 쑥스러워하며 이야기를 이었다. 박 영감을 만나게된 건 순전히 우연이었다고 한다.

연지라는 친구가 있는데 그녀는 무척 몸이 좋지 않았다. 여러 병원을 돌아다니고 각종 한약을 먹어 봐도 도무지 나아질 기미가 보이지 않았다.

그러던 중 박 영감을 만났고, 연지는 기 치료를 받아 건강해졌다. 그렇게 끝날 수도 있는 인연이었지만 혜정은 박 영감에게 매달렸다.

"저기, 영감님. 저한테도 그 기라는 걸 가르쳐 주면 안 될까요?"

"내가 왜? 너의 뭘 믿고 기를 가르쳐 줘?"

"어차피 영감님 돌아가시면 기 같은 것도 쓸모없잖아요? 그러니까 조금만 나눠 줘요. 네? 상부상조하자구요."

"뭐!? 이 녀석이, 죽긴 누가 죽어!"

박 영감은 딱 잘라 거절하였으나 몇 달간의 집요한 부탁 끝에 결국 청을 들어주었다고 한다. 듣고 보니 별거 없는 이야기였다.

"그 영감도 참. 생각이 있는 거야 없는 거야? 가르쳐 달라고 무턱대고 그런 걸 알려 주다니."

"이래 봬도 영혼이 맑아 보였나 보지 뭐, 에헴."

"쳇. 기를 배워서 어디다가 쓰게?"

"어디에 쓰긴. 나도 너처럼 할 거야."

"나처럼?"

"그래. 나도 나이트 워커가 될 거야."

민철은 고개를 저었다.

"하지 마. 손해 보는 일이야."

"왜? 너는 지금까지 손해 보는 일을 계속 해 왔잖아? 그리고 앞으로도 포기하지 않을 거라며?"

"난 남자잖아."

"그거 남녀차별적인 발언이야. 그리고 왜 다른 사람을 돕는 일을 만류하는 건데? 내가 힘을 가지고 범죄를 저지를 것도 아니잖아? 뭔가 잘못됐다고 생각하지 않아?"

"그 일이 잘못됐다고 하는 게 아니라 위험하니까 그렇지."

"뭐가 위험하니? 대한민국이 무슨 총기 사용 국가도 아니고. 우리나라 정도면 그래도 꽤 평화로운 축에 속하지 않나? 그렇게 막 강력 범죄가 판을 치는 것도 아니고."

민철은 말을 하려다가 입을 다물었다. 그가 위험하다고 생각하는 건 혜정이 말한 종류가 아니었다. 칼을 든 강도 따위는 위험한 축에도 못 든다.

오요환.

바로 그였다. 하지만 구체적으로 그가 혜정에게 어떤 식으로 위험한지 설명할 길이 없었기에 말을 아꼈다. 혜정의 마냥 밝은 얼굴을 보고 있자니 말린다고 말을 들을 것 같지도 않았고.

"에휴. 네 마음대로 해라."

"배고프다, 넌 배 안 고프니? 영감님이랑 먹으려고 떡볶이 사 왔는데 그냥 우리 둘이 먹자."

혜정은 환히 웃으며 봉투 안에서 떡볶이를 꺼냈다.

같은 도장을 다니고 있는지라 두 사람은 자주 얼굴을 보았다. 민철은 제법 과묵했으며 반대로 혜정인 시끄럽고 말이 많았다. 혜정은 얼핏 보면 사춘기 소녀와도 같았다.

그녀는 활달했으며 감정의 기복이 심했고 여자답게 주변의 신변잡기나 사소한 정보에 관심이 많았다. 민철은 그러한 혜정이 딱히 마음에 들거나 하지는 않았다.

"민철아, 이것 좀 봐. 새로 나온 신상품인가 봐."

반면 혜정은 민철에게 지속적으로 관심을 보였고 질리도록 말을 걸었다. 그녀가 걸어오는 말은 민철의 입장에서는 그저 그런 것들이었다.

새로운 옷이 나왔다거나, 화장을 바꿨다거나, 어제 드라마에서 누가 어떻게 됐다더라. 그것들은 민철이 싫어하다 못해 혐오하는 것들이었다. 시야를 가리는 멍청한 관심사들, 치장들.

그렇다고 해서 그녀가 싫은 건 또 아니었다. 시련을 겪고 나서 변한 거지 원래의 성격이었다면 두 사람은 서로 죽이 잘 맞을 타입이었다. 시끄럽고, 정신없고, 잘 웃고.

무엇보다 그녀는 거짓이 없었다. 솔직했고 말에 거침이 없었다. 말을 자주 거는 것 외에는 딱히 잘 보이려 하지 않았고, 말하기 민감한 문제들도 서슴없이 잘 꺼냈다.

민철은 알게 모르게 그녀가 신경 쓰였다.

＊　　　＊　　　＊

　민철이 박 영감의 도장에서 기 수련을 받는 동안 대철도 자주 함께했다. 딱히 수련을 할 것도 아니면서 도장을 자주 찾은 이유는 다른 게 아니었다. 혜정과 함께 수련을 받는 혜정의 친구, 연지 때문이었다.

　처음에는 호기심으로, 그다음에는 호감으로, 그리고 그다음에는 연모로, 감정은 차례대로 바뀌었다. 세상을 바꾸겠다든지, 아니면 정의를 지키며 옳은 삶을 살아야 한다는 불확실한 것들과 달리 그녀의 미소는 확실했으며 분명했다.

　어딘가에 존재하는지조차 알 수 없는 것들과 달리 그녀는 언제나 자신의 옆에 있었으며 따스한 봄 같았다. 딱히 타인과 가까워지는 것엔 관심 없는 대철이었지만 사랑 앞에서는 그도 어쩔 수 없었다.

　어색하게나마 연지에게 자주 말을 걸었고 가까운 사이가 되었다. 민철이 분노와 복수심으로 열심히 기 수련을 하는 사이 두 사람의 관계는 날이 갈수록 가까워져만 갔다. 그녀와 가까워지며 대철은 한 가지 결심을 했다.

　민철이 그곳에서 수련을 한 지도 반 년이 지났다. 장장 6개월이라는 시간이 흘렀지만 큰 진척은 없었다. 약간의 기를 다룰 수 있게 되었지만 그것은 일반인과 비교해도 큰 차이가 없을 만큼 미미했다.

자신에게 화가 난 민철은 기 수련을 그만두고 각종 무술을 배우기 시작했다. 기가 안 된다면 육체적인 능력이라도 키울 심산이었다.

'더 강해져야 해. 지금보다 훨씬 더. 이 정도로 만족해서는 안 돼. 더욱 강해져야만 놈을 죽일 수 있어.'

민철의 마음은 독기로 가득 차 있었다. 더 이상 정의를 지키겠다는 순박한 마음도, 세상에 도움이 되겠다는 선한 마음도 남아 있지 않았다. 힘을 키우는 건 정의감 때문이 아닌, 오로지 복수심과 증오 때문이었다.

그러던 어느 날, 대철은 민철에게 술 한잔하자고 권유했다. 오밤중의 포장마차로 민철을 부른 대철은 이미 몇 잔 들이킨 듯 얼굴에 취기가 올라와 있었다.

"왜 부른 거야?"

대철은 대답 없이 계속 술을 마셨다.

"벌써 취한 거야?"

"민철아."

술이 몇 잔 들어가긴 했지만 이성을 놓을 만큼 취한 것은 아니었다. 오히려 대철의 머릿속은 다른 어떤 때보다 맑았고 명쾌했다.

무슨 생각을 해야 할지, 어떤 선택을 해야 할지, 그리고 무슨 말을 해야 할지 모든 게 명확했다.

민철과 술을 마시며 머릿속을 정리한 대철은 민철의 어깨에 손을 얹으며 말했다.

"야."

"왜?"

"너 언제까지 그러고 살 거냐?"

"그렇게 사는 게 어떤 건데. 말하고 싶은 게 뭐야?"

"너 기 수련 계속 받으면서 따로 무술까지 배우고 있다면서. 그렇게 해서 대체 뭘 이루려고?"

"뭘 이루긴. 당연히 요환이 놈한테 복수해야지."

"그 녀석한테 복수하면 뭐가 어떻게 되는데, 뭐가 달라지는데."

"적어도 그 자식이 이후로 저지를 살인사건이나 범죄는 사라지겠지."

"정말로 그게 다야? 넌 정말로 요환이 녀석이 나쁜 놈이라서 막고 싶은 거냐. 아니면 단지 네가 당한 화풀이를 하고 싶은 거냐."

"둘 다."

민철의 표정이 한껏 진지해졌다. 그런 민철을 대철은 비웃었다.

"왜 웃어?"

"다 의미 없어. 우리가 했던 짓, 아무런 의미 없었던 거야."

"의미? 개뿔. 그런 거 개나 주라 그래. 어쨌든 난 복수할 거야."

"복수라면 죽이기라도 하겠다는 거야?"

"그래. 놈이 끝까지 말을 듣지 않는다면 죽여서라도 뜯어 말릴 거야. 반드시 그렇게 해야 해."

"그럼 너랑 요환이랑 다른 게 뭔데?"

"뭐라고?"

"이유 없이 사람을 죽이는 거랑, 이유가 있지만 사람을 죽이는 거랑 어차피 사람을 죽이는 건데 차이가 있는 거야?"

대철의 물음에 민철은 쉽게 입을 떼지 못했다.

"크게 다를 거 없어. 그리고 요환이 녀석 봤잖아? 우리가 감당할 수 없어. 못 본 사이에 놈은 엄청나게 강해졌다고."

대철은 말을 하면서 목이 타는 듯 술을 들이켠 후 이어 말했다.

"그리고 우리가 하겠다던 나이트 워커. 그래, 다 좋다 이거야. 남을 돕고 정의롭고 어쩌고저쩌고, 다 좋아. 근데 그렇게 살면 밥이 나와? 돈이 생기냐고. 너 대학교도 안 갔잖아. 앞으로 어떻게 살려고 그래? 자격증은 있어? 너 집이 잘 살아? 아니잖아. 우리 곧 있으면 군대도 가야 하잖아. 언제까지 이렇게 믿지면서 되도 않는 목표를 가지고 살 거냐고."

"밥이 그렇게 중요하냐?"

"중요하지!"

대철은 두 주먹으로 테이블을 내리쳤다. 요란한 소란에 다른 테이블의 사람들이 쳐다보았고 대철은 눈치를 살피며 고개를 숙였다. 그리고 민철을 노려보며 말했다.

"좋아. 넌 너 하고 싶은 대로 하고 살아. 난 내가 하고 싶은 걸 하면서 살 테니까. 여기서 각자의 길을 가자고."

"변했구나, 너."

"그래, 변했다. 넌 모르겠지만 난 혼자가 아니야."

대철은 머뭇대면서 간신히 입을 뗐다.

"좋아하는 사람이 생겼어. 군대 갔다 오고 나서 그녀와 결혼할 거야. 그러기 위해서는 내가 당당해야 하고 안정적이야 해. 그전처럼 되는대로 살 수는 없어."

병째로 술을 들이켜는 민철은 실망했다는 표정으로 말했다.

"그래. 네 마음대로 해라. 그 잘난 능력으로 돈을 벌든 사기를 치든 뭘 하든 마음대로 하라고. 나는 나대로 갈 거니까. 네가 좋아하는 돈 많이 벌고, 밥 많이 먹어라."

민철은 테이블을 박차고 술집 밖으로 나왔다.

"여자가 뭐라고."

*   *   *

1년이 지났다.

민철의 기 능력은 여전히 바닥을 기었지만, 체술은 어지간한 장정 여럿을 때려잡을 만큼 늘었다.

대철과 절교 아닌 절교를 한 이후 만난 적은 없었다. 들은 이야기로는 일찌감치 자원해서 군대에 입대했다고 한다.

단짝처럼 붙어 다니며 정의감을 불태우던 친구와 떨어진 후, 민철은 공허함을 느꼈지만 그것을 부정했다.

요환이 저지르는 살인사건은 멈추지 않고 계속되었다. 범죄는 시간이 지날수록 더욱 체계적이 되었고 방법도 발전했다.

처음에는 증거가 없는 연쇄 살인이었지만 이제는 범인이 생겼다. 물론 살인과는 상관없는 사람이었다.

요한은 아무런 연관도 없는 사람에게 혐의가 가도록 증거를 조작했다. 경찰들은 빼도 박도 할 수 없도록 완벽하게 그 사람을 가리키는 증거물을 토대로 엉뚱한 사람을 체포했다.

민철은 그것이 요환의 짓임을 직감했다. 그리고 그 직감을 혜정이 확신시켜 주었다. 그녀도 나름대로 사건을 조사하고 있었던 것이다. 거기에 대해 민철은 이렇게 말했다.

"여자가 무슨 살인사건을 조사해? 위험하니까 빠져."

"넌 예전부터 무슨 일만 있으면 여자가 무슨, 여자가 어디, 그러더라? 보기보다 되게 권위주의적이네."

"권위적인 게 아니라 위험하니까 그런 거지."

"뭐가 위험해. 내가 너보다 능력도 뛰어난데."

"이게 보자보자 하니까."

"몇 번이고 말했잖아? 난 이 힘으로 사회에 보탬이 되고 싶어. 누가 됐든 간에, 어떤 식이 되었든 간에 도움이 되고 싶다고. 남을 돕고 싶다는 게 잘못된 거야? 그건 아니잖아."

그녀는 한껏 진지한 표정으로 이야기를 늘어놓았다.

"어릴 때 사고 현장을 본 적이 있어. 가족끼리 물놀이를 갔는데 한 여자애가 깊숙한 곳에 빠진 거야. 그 모습을 보고 어떤 남자애가 단숨에 물속으로 몸을 던지더라고. 근데 웃긴 게 뭔지 알아? 그 남자애는 수영을 할 줄 몰랐던 거야. 구하기 위해 몸을 던져 놓고 어푸어푸거리면서 자기가 더 허우적거렸지. 그런데 놀랍게도 허우적대면서도 여자애를 얕은 곳으로 밀어내더라고. 결론적으로 수영을 할 줄 아는 다른 사람이 둘다 구해냈어."

"멍청한 이야기네."

"뭐가 멍청해?"

"수영도 할 줄 모르면서 물에 왜 들어가? 그건 그냥 동반자살이지."

"중요한 건 마음이야. 확실한 것, 물질적인 게 아니라 순수한 마음이라고. 세상이 점점 각박해지고 있어. 다들 자기 욕심 챙기고 경쟁하기에만 바쁘다고. 난 그러고 싶지 않아. 대가가 없어도 좋아."

"멍청한 소리."

혜정은 찌릿, 민철을 노려보았다.

"한때 영웅이 되겠다고 나대던 네가 그런 말을 하다니. 실망이야, 남민철."

"내가 뭘? 난 당연한 사실을 이야기 한 건데."

혜정은 혓바닥을 비죽 내밀었다.

어느 정도 수련이 끝났다 생각한 민철은 매일 밤거리를 돌아다녔다. 요환을 붙잡기 위해 행동에 나선 것이다.

더 이상 기를 추적하는 건 불가능했지만 계속 돌아다니다 보면 언젠가는 마주치리라 생각했다.

요환이라면 자신을 예의주시하리라 생각했고, 그 생각은 틀리지 않았다. 며칠 지나지 않아 요환은 제 발로 모습을 드러냈으니까.

대철과 함께 맞선 적이 있었던 그 골목이었다.

"아직도 포기 안 한 거야?"

"그래. 죽을 때까지 끝난 게 아니거든."

요환은 희미하게 웃으며 고개를 끄덕였다.

"지긋지긋하네."

"나도 네가 지긋지긋하다. 여기서 끝내자."

말은 그렇게 했지만 민철은 잔뜩 긴장하고 있었다. 이미 기를 상실한 후다. 그에게 남은 거라고는 일반인보다 약간 나은 몸, 완력, 그리고 무술뿐이었다.

말 그대로 보통 사람보다 아주 약간 뛰어난 정도에 불과하다는 소리다. 반면 요환의 힘은 그 끝을 가늠할 수가 없었다. 그의 능력이 정확히 어디까지인지 알 수가 없었다.

자존심.

민철에게 남아 있는 거라곤 그것밖에 없었다. 세상을 구하겠다는 얼토당토않은 신념도, 나쁜 놈을 처단한다는 얄팍한 정의감도, 그리고 순수한 복수심도 현재의 그에게는 남아 있지 않았다. 복수심으로 똘똘 뭉쳤다면 실력 차이를 고민하지 않았을 테니까.

"죽어!"

민철은 외침과 동시에 몸을 날렸다. 하지만 확신이 담기지 않은 주먹이었다. 이미 시작부터 그는 망설이고 있었다.

"미안하지만 이번에도 넌 패배했어."

요환이 손짓하자 보이지 않는 벽이 생성되었고 민철은 그 벽을 뚫지 못했다.

아무리 밀고 때리고 힘을 써 봐도 소용없었다. 싸움은커녕 손가락조차 댈 수가 없었다. 애초에 싸움이 성립되지 않는다.

"젠장! 왜! 왜 안 되는 거냐고!"

그것은 민철이 자기 자신에게 묻는 말이었다. 그렇게 노력하고 그렇게 갈구했건만, 그럼에도 요환의 발끝에도 미치지 않는 자신이 한심하고 원망스러웠다.

"억울하지? 그렇게 노력했는데 상대도 안 되니까 화가 나는 거잖아. 너는 기 수련도 했고 무술도 배웠는데, 아무것도 하지 않은 나보다 약하니까 억울해서 못 견디겠지?"

"개소리하지 마."

"아니야? 맞을걸. 내가 그때 누누이 이야기했잖아. 세상은 불공평한 거라고. 원래 그런 걸 어떡해. 되는 놈은 뭘 해도 돼, 안 되는 놈은 뭘 해도 안 돼. 그게 당연한 거라고. 도대체 몇 번을 말해 줘야 알아듣는 거야? 단념해. 이제 끝났어."

"안 끝났어."

"그래. 넌 아직 안 끝났어. 그래서 내가 끝내 주려고."

"해 봐! 이 자식아, 어디 한 번 해 보라고!"

요환은 오른손에 기를 압축했다. 그리고 그 손으로 민철의 가슴을 가격했다.

"커헉!"

일격에 민철은 피를 토하며 바닥에 쓰러졌다. 간단한 공격이었지만 피해는 심상치 않았다.

갈비뼈가 모두 부러졌고, 뼈들이 날카롭게 부러져 장기를 찔렀다. 내장이 진탕되어 돌이킬 수 없을 지경이었다.

이번만큼은 요환도 봐주지 않았다. 정말로 죽이기 위한 공격을 날린 것이다. 요환은 가볍게 손목을 풀며 이야기했다.

"말 안 했지만 말이야, 이유는 알 수 없지만 점점 힘이 커지고 있어. 이게 어디까지 커질지 나도 모르겠어. 어쩌면 한계가 없을지도 모르지. 그래서 말인데, 내게는 원대한 계획이 있어.

지금까지 해 왔던 시시껄렁한 장난들 말고 좀 더 화끈하고 스펙터클한 것들 말이야. 이제까지는 너무 일차원적으로 생각했던 것 같아."

민철은 신음하며 부들부들 떨기만 할 뿐 아무 대답도 하지 못했다. 애초에 대답을 원한 것이 아니었기에 요환은 계속 주절댔다.

"난 인간을 넘어설 거야. 모든 걸 초월할 거야. 그러고 나서 씨앗을 뿌릴 거야. 뿌리를 내릴 거라고. 귀찮게 내가 이리저리 움직일 필요가 없게 말이지. 하하. 기대해 줘. 세상은 뒤바뀔 거야."

요환은 기분 나쁜 웃음을 흘리며 사라졌고 골목에는 민철 혼자 남게 되었다.

아직 정신을 잃은 것은 아니었다. 오히려 정신은 멀쩡했다. 너무 멀쩡해서 고통을 더욱 생생하게 느꼈다.

"쿨럭."

문득 허무하다는 생각이 들었다.

결국 이런 꼴이 되기 위해 태어난 걸까 하는 의문이 들었다. 결국 무의미하고 아무것도 아닌 존재가 될 거라면 왜 태어난 걸까.

태어난다는 것, 세상에 나온다는 건 대체 무슨 의미인걸까.

정말로 옳은 건 자신이 아니라 요환인 걸까? 대철은 꿈을 버린 패배자, 비겁자가 아닌 걸까? 자신이 어리석었던 걸까?

답 없는 물음들이 꼬리에 꼬리를 물고 이어졌다. 민철은 허망하다는 듯 웃었다.

"이게…… 뭐야……."

                    *   *   *

사람 목소리가 들려왔다. 그것은 마치 두꺼운 벽을 통과해 들리는 것처럼 답답하고 잘 알아들을 수 없는 소리였다.

"……그래서요! 뭐가 ……인데요?"

"인석아…… 어디 있냐."

"지금 ……한 게 아니잖아요……."

"다…… 소중한 거야."

꿈이었을까? 민철은 지금 목소리가 들리는 것이 현실인지, 아니면 꿈속인지 구분할 수 없었다.

정신을 차렸을 땐 박 영감의 도장이었다. 죽지 않았다는 안도감, 살았다는 기쁨보다 상실감이 그의 가슴을 가득 메웠다.

두 번의 패배. 아니, 완전한 패배. 다시 도전할 마음이 들지 않을 만큼 완벽한 패배였다. 민철의 옆에는 박 영감이 있었다.

"넌 어디 사라졌다가 반쯤 죽어 오는 게 취미냐?"

"……."

뇌 속에 술이 가득 찬 것처럼 불쾌한 감각이었다. 몸에는 반면 이상할 정도로 기운이 가득했다. 전과 비교할 수 있는 것은 아니었지만 충분히 느껴질 만큼 몸 안에 기가 축적되어 있었다.

"영감님이 한 겁니까?"

"내가 미쳤냐? 혜정이가 한 거다."

"혜정이가요?"

"그려."

박 영감은 그리 말하며 쯧쯧 혀를 찼다. 목숨을 구제받았음에도 민철은 큰 반응을 보이지 않았다. 누가 구해 줬고 어떻게 치료를 했고. 그런 건 이제 아무런 의미가 없었다. 민철의 마음은 이미 백지였다.

아무리 해도 안 되는 건 안 된다는 걸 깨달았다.

자신은 그저 이상한 힘이 있었던 작은 존재에 불과했고 세상을 바꾸는 건 꿈속에서나 가능하다는 사실을 인정했다. 목적을 상실한 민철은 감정을 잃은 것과 다름없었다.

"너 이제 어쩔 거냐."

"뭘 어째요."

"앞으로 어떻게 살 거냐고. 또 어디 쏘다녀서 얻어터지고 올 거냐?"

박 영감의 표현에 민철은 쓰게 웃었다. 그리고 한숨지으며 부정했다.

"아니요. 이제 그럴 일 없을 거예요."

"그거 참 다행이구나. 그래도 도장은 꾸준히 나오거라. 기껏 다 치료해 놨더니만 다시 망가져서 돌아오다니. 내가 니 애비냐?"

"죄송합니다……."

민철은 웃는 듯 울었다. 그리곤 누구에게 하는 건지 하염없이 사과를 반복했다.

"죄송합니다…… 정말로 죄송합니다."

"듣기 싫으니까, 그만하거라."

"아니요. 정말 죄송합니다…… 제가 잘못 생각했어요……. 다 제 잘못입니다. 다 제가, 제 욕심 때문에 이렇게 된 거예요."

요한에게 완벽히 깨진 그날 이후로 민철은 나이트 워커 활동을 완전히 접었다. 박 영감에게 기 치료를 받으며 새로운 아르바이트를 구했다.

한 가지 이상한 건 그날부로 혜정이 보이지 않았다는 것이다. 이유가 궁금해진 민철은 박 영감에게 그녀의 안부를 물었다.

"그 녀석 말이냐? 지 고향으로 내려간다고 하더만."

"갑자기 고향에 내려간다고요? 저한테는 아무 말도 없었는데요."

"자네랑 별로 안 친했나 보지."

"고향이 어딘데요?"

"그건 나도 모른다. 근데 뭘 그렇게 꼬치꼬치 물어봐? 너 그 녀석에게 관심 있었냐?"

"관심은요, 무슨."

민철은 몇 달 정도 기 치료를 받으며 일을 하다가 입대했다.

그리고 몇 년 뒤. 별 탈 없이 군 생활을 마친 민철은 다시 박 영감의 도장을 찾았다.

어차피 오갈 곳도 없는 입장이었다. 박 영감은 예전 모습 그대로였고 건물도 하나 바뀐 게 없었다. 세상은 그대로였다. 오랜만에 박 영감을 만난 민철은 곧바로 혜정의 안부부터 물었다.

"걔는 아직도 연락 없어요?"

"넌 오랜만에 보자마자 그 녀석 타령이냐. 정말로 관심 읍서?"

"아, 없다니까요. 그냥 궁금해서 그래요."

그렇게 말하는 민철은 손에 봉투를 들고 있었고, 봉투 안에는 떡볶이가 담겨 있었다. 그녀와 매일 도장에 다니며 자주 먹었던 음식이다.

박 영감은 괜히 혀를 찼다. 어딘지 모르게 안절부절못하는 낌새였다.

"민철아, 앞으로 니 뭐하고 살 거냐."

"글쎄요. 할 줄 아는 게 몸 쓰고 주먹질하는 것밖에 없어서. 아, 도장이나 차리면 되겠네요."

"도장? 도장 차릴 돈은 있고?"

민철은 아주 당연하다는 듯이 답했다.

"당연히 없죠. 영감님이 좀 도와주세요."

"뭐!? 내가 왜 도와줘! 내가 네놈 치료해 줄 때 돈 받고 했냐? 난 밑진 거 하나 없다."

"그러지 말고 좀 도와줘요. 능력도 없는데 저더러 뭐 벌어먹고 살라고."

"거 짜식."

그 후로 시간이 많이 지나고 난 후, 민철은 박 영감에게 혜정에 대한 이야기를 들을 수 있었다. 그녀는 고향에 내려간 게 아니었다.

민철이 죽을 위기에 처했을 때, 그의 목숨을 구해 준 건 박 영감이 아니라 혜정이었다고 한다.

자신의 목숨과 맞바꿔서.

진실을 알게 된 민철은 가끔 생각에 잠기곤 했다. 사실 그렇게까지 가까운 사이도 아니었건만, 그녀는 어떻게 그렇게 쉽게 목숨을 희생할 수 있었던 걸까?

친구라고 하기에는 거리감이 있고 애인이라고 하는 건 말이 안 되는 그런 애매한 사이였는데. 나이트 워커에 대한 동경 때문이었을까?

민철은 단 한 번도 그 물음에 대해 답을 내린 적이 없었다. 아니, 어쩌면 답을 회피한 걸지도……

Battle 01

반격의 시작

보름달이 크게 뜬 저녁.

밤이 깊어지자 도시에는 해가 비출 때보다 더욱 밝은 빛으로 번쩍였다. 잠들지 못한 사람들은 태양을 대신하는 네온사인 빛에 취해 거리를 방황했다.

동해는 그 안에 있었다. 평상복 차림에 후드를 눌러쓰고 묵묵히 거리를 걷고 있었다.

"……"

후드에 마스크까지 완벽하게 착용한 나이트 후드 복장이 아니었기에 그를 알아보는 이는 없었다.

딱히 목적지가 있는 것은 아니었다. 할 일이 있는 것도 아니었다. 그렇다고 나이트 워커로 할 일을 찾는 것도 아니었다.

그냥 심란한 마음을 추스르기 위해 마냥 걷는 중이었다. 지금 당장은 나이트 후드로 활동하기가 꺼림칙했다. 며칠 전의 일 때문이다.

얼마 전, 동해는 초등학교 동창을 만났다. 이름은 한벼리. 어릴 적 친하게 지냈던 두 사람은 전혀 달라진 모습을 하고 있었다.

영웅을 꿈꾸던 소년은 영화 속에 등장하는 히어로보다는 보잘 것 없지만 정말로 영웅이 되어 있었고, 소녀는 가수가 되어 있었다.

신이나의 유학으로 휑한 기분을 느끼던 동해에게 벼리와의 만남은 새로운 활력소 같은 일이었다. 그렇게 기분 좋은 일들만 계속되리라 생각했다. 만화처럼 행복한 결말일 거라 생각했다.

그러나 그 믿음은 보기 좋게 산산조각 났다. 희망으로 가득 찼던 이상이 무자비한 현실에 무너진 것이다.

단지 인기 가수가 되고 싶어 했던 소녀의 꿈은 어른들의 더러운 욕심에 의해 깨어지고 부서졌다.

벼리는 모르는 사람들에게 원하지 않아도 몸을 팔아야 했고, 현실을 감당하지 못해 자살을 시도했다. 다행히 목숨은 건졌지만 아직도 혼수상태에서 깨어나지 못하고 있다. 살아도 산 게 아닌 것이다.

그리고 사건에 개입되어 있는 소속사 사장을 폭행한 나이트 후드, 동해는 전혀 다른 명목으로 또 수배 물망에 올랐다.

엎친 데 덮친 격이다.

또한 사건의 진상을 끄집어내려 했던 그녀의 매니저는 현재 거짓 증언과 명예 훼손으로 재판을 기다리고 있다.

그저 진실은 죽지 않는다고, 정의는 승리한다고 막연하게 생각만 하는 치기 어린 마음으로는 절대 승산이 없는 싸움이다.

진실은 외치지 않는 이상 진실이 아니며, 정의는 행동하지 않는 한 정의가 아니다. 아무것도 하지 않으면 패하는 것이 당연하다.

그날 밤, 동해는 밤이 새도록 밤거리를 걸으며 고민에 고민을 거듭했다. 생각해야 할 게 너무 많았다.

'도대체 뭘 어떻게 해야 하는 거야……'

*　　*　　*

어느 고층 빌딩의 맨 위층, 펜트하우스.

대철의 펜트하우스가 개인적인 사무와 숙식을 위한 공간이라면 이곳은 단체 회의에나 어울릴 법한 장소였다.

자질구래 한 가구는 없었고 중앙에 타원형의 커다란 테이블이 놓여 있었다. 테이블에는 멋들어지게 정장을 차려입은 남자들 여러 명이 앉아 있었다.

"그러게 왜 그 어린 걸 손대 가지고 일을 이 지경으로 만듭니까?"

대부분이 중년인 가운데 한 젊은 남자가 웃으며 운을 띄웠다. 젊은 남자의 조소에 토실토실한 중년 남성이 식은땀을 닦으며 답했다.

"뭐, 이런 거 하루 이틀인가? 조금만 있어 봐. 다 잠잠해질 테니까."

그렇게 말하는 것치고 뚱뚱한 중년 남자는 식은땀을 폭포처럼 흘리고 있었다.

아까부터 이마와 손을 오가며 땀을 닦아낸 그의 손수건은 이미 눅눅해진 지 오래였다. 젊은 사내가 계속 타박했다.

"그러게 작작 좀 하라고요. 왜 맨날 나는 하지도 않은 일을 뒷수습해야 하는데요? 우리가 서로 잘해 보자고 뭉친 그룹이지 댁 뒤 닦아 주기 위해 모인 건 아니잖아요? 그렇죠?"

젊은 사내의 독설에 뚱뚱한 중년이 이를 갈았다.

"이거 왜 이래. 이번 일이 안 묻히면 피 보는 건 나뿐만이 아닐 텐데. 잊지 마. 우린 서로 연결돼 있다는 걸. 이 중에 누구 하나 망하면 나머지도 다 망하는 거야."

이곳에 모인 자들은 각 분야에서 최고의 입지를 자랑하는 수뇌부 층이다. 연예, 스포츠, 방송사, 정치, 검찰, 종교, 대기업 등등 이름만 대면 알 법한 자들이 언성을 높이고 있었다.

이런 모임을 결성한 이유는 매우 간단했다. 자신들의 자리를 안전하게 고수하기 위해서.

본디 높은 자리라는 건 주변에서 수많은 견제를 받기 마련이고 방심했다간 바로 나락으로 떨어지기 십상이다.

그러한 일을 방지하기 위해 서로 힘을 합치는 것이다. 어느 한 쪽이 피해를 보려 하면, 다른 쪽에서 도와줘 소위 말하는 '기득권'을 유지하는 것이다.

처음 시작은 단순히 도와준다는 개념이었지만, 서서히 시간이 흘러 이제는 서로 치부와 약점들을 파악하고 있다.

말하자면 상대에게 얼마든지 방아쇠를 당길 수 있는 총을 쥐고 있지만, 결론적으로는 자신도 그 총에 맞을 수 있기에 서로 도와주고 보호하는 셈이다.

이제는 어느 한 쪽이 무너지면 다른 한쪽도 무너지는 기묘한 균형을 갖추게 되었다. 즉, 자기 자신이 피를 보지 않기 위해서는 모임의 어느 누구도 낙오되어서는 안 되는 것이다.

"그래서 어떻게 할 건데요?"

젊은 사내는 계속 이죽거렸다. 그의 재촉에 뚱뚱한 중년이 수건으로 이마를 닦으며 말했다.

"신경 쓸 거 없어. 금방 끝날 거니까. 그 매니저 놈이야 검찰 측에서 잘 처리할 거고, 한별 양 가족들 문제는 기획사 측에서 잘하고 있으니까. 아무런 문제없어."

"잘 좀 처리하쇼. 괜히 불똥 튀게 만들어서 수습하는데 애 먹게 하지 말고."

"알았다니까 그러네."

그때였다.

모임에 속하지 않은 누군가의 목소리가 울렸다.

"정말 그걸로 됐다고 생각하십니까?"

사람들은 주변을 두리번거렸다.

"여기입니다."

목소리의 주인공은 그들과 같이 테이블에 앉아 있었다. '요환'이었다. 전과는 많이 달라진 모습이었다. 전에는 십 대 소년의 모습이었다면 지금은 이십 대 청년에 가까운 모습을 하고 있었다. 그는 아주 당연하다는 듯이, 매우 자연스럽게 존재했다. 초대받지 않은 손님의 등장에 사내들은 놀라서 자리에서 일어났다.

"넌 누구야?"

"어떻게 들어왔지?"

그 와중에도 요환은 별일 아니라는 듯 부드러운 미소와 함께 손을 저었다.

"너무 놀라지들 마세요. 저는 여러분 편입니다."

펜트하우스의 문이 열리며 검은 양복의 경호원들이 안으로 들어왔다.

"이거 정말 말이 안 통하네."

요환이 가볍게 손가락을 튕기자 안으로 들어오던 경호원들이 우르르 바닥으로 쓰러졌다.

"맙소사!"

"이게 무슨……"

스무 명이 넘는 건장한 사내들이었다. 그런데 단지 손가락을 튕기는 동작에 마치 짠 것처럼 모두 쓰러지다니. 마법 같은 상황에 모임원들은 아무 말도 꺼내지 못했다.

"진정들 하고 앉아 보세요. 너무 긴장하신 것 같은데, 마술이라도 보여 드릴까요? 연필 마술을 준비했는데."

요환은 그리 말하며 안주머니에서 연필을 꺼냈다. 그리고는 테이블에 힘껏 내리찍어 연필을 수직으로 세웠다. 모임원 중 하나가 외쳤다.

"서, 설마 나이트 워커?"

"연필 마술에는 관심이 없나 보죠? 얼마 전에 영화에서 보고 열심히 연습했는데, 아쉽네요."

"묻는 말에 대답해! 나이트 워커냐!"

나이트 후드와 검은 봉투 남자, 검은 꼬리, 그리고 임진광의 등장으로 이제 '능력자'들이 실존한다는 사실은 공공연하게 드러난 상황이다.

이 능력자들의 등장은 한국만의 특수한 경우였기에 대한민국은 현재 유례없이 세계적인 이목을 끌고 있는 중이다.

"글쎄요. 비슷한 능력을 가졌으니 일단 그렇다 치죠. 하지만 아까도 말했듯이 저는 여러분에게 아무런 악감정이 없습니다. 여러분이 여기에 모여서 무슨 이야기를 하든, 어떤 여자애를 유린하든 그건 제 알 바가 아니에요."

"그래서 무슨 말이 하고 싶은 거냐."

요환은 테이블에 꽂힌 연필을 톡톡 건드리며 말했다.

"하지만 다른 나이트 워커라면 어떨까요?"

"다른?"

"예. 가령 나이트 후드라든지, 검은 봉투 남자, 검은 꼬리 같은 사람들 말이에요."

요환의 말에 젊은 사내는 흥 코웃음을 쳤다.

"놈들이 무슨 수를 쓰든지 우리를 방해할 수는 없을 거요. 우리를 상대로 한두 명이 합심해 봤자 무리지. 그놈들은 끽해야 양아치나 경범죄자 몇 명 잡아넣는 게 고작이잖아? 법은 우리 편이야. 애초에 게임이 안 된다고."

"법대로 안 한다면?"

"그게 무슨 소리지?"

요환은 기묘한 미소를 지으며 양손을 깍지 꼈다.

"그들은 능력자들이에요. 나처럼 사람 몇 명 홀리는 건 일도 아니죠. 그런 특별한 힘이 있는 존재들이 증거를 수집해서 법적인 절차를 밟는, 설마 그런 방식으로 대응하겠어요? 자신들이 지닌 능력을 총동원해서 당신들을 무너트리려 할 거예요. 자신 있나 본데, 감당할 수 있겠어요?"

요환은 젊은 사내의 눈을 지그시 바라보았다.

"인간을 초월한 능력을 가진 자들을 감당할 수 있겠느냐고요."

"으흠."

가만히 있던 뚱뚱한 중년이 테이블을 주먹으로 내리쳤다.

"그래서 대체 네가 하고 싶은 말이 뭔데? 갑자기 툭 튀어나와서 우리한테 뭘 원하는 거야?"

"별거 아닙니다. 조심하라는 거죠. 능력자의 능력은 당신들이 상상하는 그 이상입니다. 하지만 당신들이 지닌 능력은 돈과 권력뿐이죠. 방심했다간 큰코다칠 겁니다."

"그럼 우리가 어떻게 해야 하지?"

"간단해요. 이에는 이, 능력자에는 능력자로 맞서는 겁니다."

"우리는 알고 있는 능력자가 없는데?"

"왜 없나요?"

요환인 손가락을 튕겼다. 딱. 그러자 구석에 있던 큰 화면의 TV가 저절로 전원이 켜졌다. 저절로 켜진 TV에서는 간밤에 있었던 교통사고에 대한 뉴스가 나오고 있었다.

"무려 8중 추돌의 대형 교통사고였습니다. 다행히 빠르게
등장한 나이트 워커 임진광 씨의 도움으로 사태는 사상자 없
이 원만하게 수습이 되었습니다."

TV를 바라보던 남자들은 넋 놓은 표정이 되었다. 뚱뚱한
중년이 말했다.

"하, 하지만 저자가 우리에게 협력을 할지 안 할지 모르잖
나."

"하겠죠. 법은 당신네들 편이고, 저자는 일단 법의 편이니까
요."

"그래도 저자는 한 명이고 나머지 나이트 워커는 세 명인
데…… 일 대 삼은 좀 불리하지 않을까."

"아니요. 우리도 세 명입니다."

요환이 웨이터를 부르듯 박수를 치자 펜트하우스의 문이
열렸다.

"누구지?"

문을 열고 들어온 이는 두 명의 여성이었다. 한 명은 검은
머리를 깔끔하게 뒤로 묶어서 비서 느낌이 나는 단정한 여성
이었다.

다른 한 명은 노랗게 물들인 머리카락에 비슷한 정장 차림
이지만 단추를 여기저기 풀고 있었다. 전체적으로 요염하다기
보다는 천박한 분위기를 풍겼다. 전혀 상반된 두 여인의 등

장에 남자들은 어안이 벙벙하다는 표정을 지었다.

요환이 말했다.

"이렇게 하면 삼 대 삼, 공평한 게임이 되겠죠?"

노랑머리 여인은 특유의 날카로운 눈매로 남자들을 둘러보았다.

"뭐야. 여기에 있는 사람들이 대한민국을 들었다 놨다 하는 실력자들인 거야? 실망이네. 이런 촌티 나는 늙은이들이라니."

노랑머리 여인은 코웃음 치며 테이블에 엉덩이를 걸쳤다. 그녀는 손을 뻗어 의자에 앉아 있는 뚱뚱한 남자의 넥타이를 잡아당겼다.

"아저씨구나? 그 어린 여자애한테 손댔다는 사람이."

"하, 하하……."

노랑머리 여인의 도발적인 말에 뚱뚱한 중년 남자는 식은땀을 흘렸다. 한 대 칠 것 같은 살벌한 분위기를 풍기던 여성은 이내 흥미 없다는 듯이 손을 놓았다.

"아무래도 좋아. 나랑은 상관없는 일이니까."

모임원들의 생각은 하나같았다. 분명 능력자라고 했는데 지금 들어온 여인들은 그보다는 모델이나 연예인이 어울릴 만큼 미인이었다. 대체 어떤 능력을 지닌 여자들일까?

하지만 그런 고민은 그리 오래가지 않았다. 애초부터 이곳은 들어오고 싶다고 해서 아무나 들어올 수 있을 만큼 만만한 곳이 아니었다.

모임의 특성상 까다로운 절차를 밟아야 들어올 수 있는 곳을 제집 드나들듯 들어왔다는 점부터 이미 범상치 않았다.

뚱뚱한 남자가 수건으로 이마의 땀을 닦으며 물었다.

"도와주는 건 고맙소만, 우리에게 이러는 이유가 뭡니까?"

"딱히 어떤 목적이 있는 건 아닙니다. 다만, 정해진 순리를 거스르는 게 싫을 뿐이죠. 제가 아는 어떤 녀석이 그 순리를 깨부수려 하기에 저는 그걸 막는 것뿐입니다. 그것뿐이죠."

요환은 그리 대답하며 작게 웃었다.

*　　　*　　　*

동해는 한동안 나이트 워커로서 전혀 일을 하지 않았다. 버리에게 일이 있은 이후 도저히 맨정신으로는 나이트 워커로 변장할 수가 없었다.

사실 나이트 후드가 없어도 큰 문제는 없었다. 여전히 세상은 잘 돌아갔고, 그렇게 나이트 워커에 열광하던 대한민국은 이제 또 다른 가십거리를 좇아 빠르게 변하고 있었다. 달라진 것은 없었다. 세상은 그대로였고, 변한 건 동해뿐이었다.

사실 나이트 후드가 나설 일조차 없었다고 하는 것이 옳았다. 임진광의 등장에 모든 나이트 워커가 활동을 멈추었지만 그 혼자서도 충분했다. 그는 나이트 후드보다 더욱 강했으니까. 동해는 계속해서 고민했다.

'세상은 나를 필요로 하지 않는 걸까?'

마치 온 세상이 나이트 후드를 포기하라 권유하는 것만 같았다. 실제로 동해는 마음속에서 대부분 마음을 정리한 상태였다.

하지만 딱 한 가지. 마지막 한 가지만 처리한 뒤 그만두고 싶었다.

벼리의 복수.

그리고 묻혀 버린 진실을 끄집어내는 일.

반드시 그것만큼은 이루고 말겠다고 동해는 다짐했다. 설령 그 이후 더 이상 나이트 후드로 활동할 수 없다 하더라도 말이다.

동해는 그날도 어두운 거리를 걸었다.

한창 나이트 후드로 활동할 때의 버릇을 못 버리고 마냥 길을 걸었다. 새벽 4시쯤 됐을까. 걷다가 지친 동해는 슬슬 집으로 발길을 돌렸다.

초록불이 들어온 횡단보도를 걷는데 그때였다. 자동차 한 대가 속도를 늦추지 않고 다가오고 있었다. 예전 같았으면 빠른 순발력으로 피했겠지만 현재 동해는 한창 다른 생각을 하고 있었다.

"이런!"

뒤늦게 자동차가 다가오고 있음을 인지했지만 이미 피하기에는 늦었다.

꽈앙!

자동차가 동해를 들이받았다.

"으윽!"

자동차가 그 순간 브레이크를 걸었고 동해는 멀찌감치 뒤로 굴러갔다. 동해를 들이받은 자동차는 급히 핸들을 틀었고 결국 옆에 있는 가로수를 박고 멈추었다.

"큭."

천만다행으로 동해는 큰 부상을 입지 않았다. 비록 방심하고 있었다지만 평소 기로 다져진지라 옷이 조금 찢어지는 것 외에는 찰과상조차 입지 않았다. 반면 자동차는 범퍼가 완전히 찌그러져 있었으며 운전자는 정신을 잃은 듯 보였다.

동해는 주변을 둘러보았다. 시간도 그렇고 때마침 사람이 거의 없었다. 동해는 보는 이가 없다는 것에 안도감을 느끼며 자리를 털고 일어났다.

'괜찮으려나.'

동해는 자동차의 앞 유리를 통해 운전자를 살폈다. 꽤 고급스러운 외형과 달리 자동차에는 에어백조차 설치되어 있지 않았다. 운전자는 운전대에 이마를 박고서 움직이지 않았다. 동해는 무의식적으로 주머니에 손을 넣었다.

'왜 하필 이럴 때…… 마스크도 안 챙겼는데…….'

마스크가 없다고 생각했는데 주머니를 뒤져보니 용케도 마스크가 들어 있었다. 한동안 혼란스러움에 나이트 후드 복장에 신경을 안 쓰고 있었음에도 무의식중에 늘 챙기고 다녔던 것이다. 다행이라 여기며 동해는 얼른 마스크를 썼다.

"괜찮으세요?"

충격 때문인지 자동차의 문이 쉽게 열리지 않았다. 나이트 후드는 힘으로 문짝을 뜯어냈다. 운전자를 속박하고 있는 안전벨트를 찢고서 운전자를 차 밖으로 끌어냈다.

다행히 운전자는 숨은 쉬고 있었고 맥박도 안정적이었다. 별다른 부상은 보이지 않았다. 나이트 후드는 119에 전화를 걸어 현 위치를 알렸다. 전화를 끝마친 나이트 후드는 깊게 한숨을 쉬었다.

평소 같았으면 부상이 크건 작건 무조건 등에 업고 병원까지 달렸겠지만 지금은 차마 그럴 수가 없었다. 혼란스러운 기분도 있고, 현재는 수배령이 강화된지라 함부로 움직일 수가 없었다.

"저기, 무슨 일입니까?"

나이트 후드의 뒤로 누군가가 다가왔다. 허리에 경찰들이었다. 나이트 후드가 돌아보자 경찰들은 놀라서 뒷걸음질을 쳤다.

"나이트 후드!"

나이트 후드도 놀라기는 마찬가지였다. 하필 이럴 때 경찰

들과 마주치다니. 경찰들과 나이트 후드는 서로를 쳐다보며
잠시 머뭇거렸다.

먼저 행동한 것은 경찰들이었다. 그들은 곧장 권총을 꺼내
들었다.

'뭐야!'

나이트 후드는 당황하여 헛숨을 삼켰다. 자신에게 수배령
이 내려져 있고, 그것이 현재는 더욱 강화돼 있다는 건 알고
있었지만 곧장 권총을 뽑아 들 줄은 몰랐기 때문이다.

경찰들은 일제히 권총을 빼 들었고 재빠른 동작으로 다음
탄으로 장전했다. 그 모습에 나이트 후드가 당황하여 손을
저었다.

"자, 잠깐만요."

"움직이지 마! 움직이면 저항으로 간주하고 바로 발포하겠
다!"

나이트 후드는, 동해는 잘 모르고 있었다.

경찰들이 사용하는 권총의 첫 번째 탄은 공포탄이지만, 두
번째 이후부터는 실탄이 들어 있다는 사실을 말이다.

그리고 현재 나이트 후드에 대한 수배령이 강화되면서 나이
트 워커, 즉 보통 인간이 대항 할 수 없는 능력자들에 한해서
는 실탄 사용에 대한 규정을 완화하는 특별법을 제정했다는
사실을 말이다.

나이트 후드가 당황하며 다가오자 경찰 중 하나가 지체

없이 방아쇠를 당겼다.

탕!

"악!"

탄환은 나이트 후드의 허벅지를 스쳤다. 어두운 밤하늘에 귀를 찌르는 듯한 발포 소리가 울렸다. 보이지도 않을 만큼 빠르게 날아간 탄환은 나이트 후드의 옷을 찢고 허벅지 살을 찢으며 지나갔다.

살면서 총에 맞을 것이라고는 생각도 못 해 당황한 나이트 후드는 뒤도 안 돌아보고 도망쳤다.

"도망친다! 잡아!"

나이트 후드는 들고양이처럼 잽싸게 달아났다. 자동차를 밟아 점프하고, 가로수의 나뭇가지를 발판 삼아 뛰어올라 건물의 옥상에 안착했다. 그 위에서도 계속 다른 건물로 갈아타며 경찰들로부터 멀어졌다.

'미쳤어! 미쳤다고!'

나이트 후드는 어찌나 당황했는지 어금니를 부서지도록 꽉 깨물었다. 등줄기로 식은땀이 폭포처럼 흘렀다. 총이라니, 아무리 일반인과 다르다지만 다짜고짜 총을 쏘다니.

자칫했다간 정말로 죽을 수도 있다는 생각에 나이트 후드는 울컥 눈물마저 나왔다.

얼마나 정신없이 달렸을까.

나이트 후드가 문득 정신을 차렸을 때는 어딘지도 모를 상가 건물 옥상이었다.

처음 총을 맞았을 때는 아파서 정신을 차릴 수가 없었지만, 이제 보니 제대로 맞은 것도 아니었다. 관통한 것도 아니고 살을 살짝 스친 것에 불과했다. 스친 것치고는 피가 많이 나오기는 했지만.

"젠장!"

동해는 후드와 마스크를 벗었다. 온갖 서러움이 밀려왔다.

어떻게 이런 어처구니없는 상황이 펼쳐질 수 있는 건지. 동해가 완전히 잘못한 게 없는 것은 아니었다. 동해는 벼리의 일로 복수심에 불타 기획사 사장을 폭행했다.

동해, 나이트 후드가 폭력으로 정의를 세우려는 건 분명 잘못한 일이다.

하지만 기획사 사장은 소리가 녹음되지 않은 CCTV를 교묘하게 활용해 오히려 자신의 잘못을 없애고 모든 죄를 나이트 후드에게 뒤집어 씌웠다. 그 결과가 바로 경찰들의 총기 사용이고.

이대로 괜찮은 걸까? 너무나도 겁이 났다. 동해는 전에 폭주한 성주와 싸웠을 때 가사 상태에 빠진 적이 있다.

하지만 그때와 지금의 상황은 너무 달랐다. 최소한 그때의 나이트 후드는 악당이 아니었다. 반드시 성주를 막아야만 하는 이유가 있었다.

물론 지금도 반드시 해야만 하는 일이 있고, 그래야만 하

는 이유가 있다. 그렇지만 직접적으로 느껴지는 압박의 차이
는 이루 말할 수 없었다.

너무나도 많은 생각이 들었고 너무나도 많은 고뇌들이 일
었다.

*　　　　*　　　　*

"우웅."

그날도 성주는 송이와 함께 시간을 보내고 있었다. 다른
일을 하더라도 한두 시간 정도는 그녀가 일하는 편의점에 찾
아와 말동무가 돼 주었다.

가끔 그녀는 편의점 일을 성주에게 맡기고 대놓고 잠을 자
기도 했다. 한 번은 편의점 점장이 찾아와 그 꼴을 보고는 노
발대발한 적도 있다.

그때 송이는 이런 식으로 대처했다.

"불만 있으면 잘라요. 자르면 되지 뭘 그렇게 화를 내세
요?"

"크윽."

점장은 송이의 배 째라는 행동에 화가 났지만 그렇다고 정
말로 자를 수는 없었다.

그녀가 이 조그마한 편의점 매상에 얼마나 큰 영향을 주는
지 누구보다도 점장 자신이 잘 알고 있었기 때문이다.

옆에 있던 성주는 고개 숙여 예의바르게 사과했다.

"죄송합니다. 다음부터는 이런 일 없도록 하겠습니다."

한쪽은 열 받게 하지만 매상에 큰 도움이 되고, 다른 한쪽은 아르바이트생도 아닌데 진심으로 사과를 하니 점장도 할 말이 없어졌다.

결국 다음부터는 그러지 말라는 말과 함께 밖으로 나갔다.

"송이야, 그러면 안 돼지. 네가 잘못한 거야."

"내가 뭘. 잘리면 다른 곳에서 아르바이트하면 그만이잖아? 내가 아쉬울 게 뭐야."

"그게 아니지."

성주는 깊게 한숨을 쉬며 말했다.

"아르바이트가 비록 비정규직이라지만 돈 받고 하는 일이야. 결국엔 신뢰와 관련된 일이라고. 책임감을 가져야지."

"흥."

"너 스스로 가치를 깎아내리지 마. 네가 하고 싶은 일이 아니라서 해서 대충할 생각은 하지 마. 사람은 누가 되었든, 어디가 되었든 현재의 위치에서 최선을 다해야 해."

"꼰대 같은 소리 하네."

송이는 콧방귀를 뀌며 다른 곳을 바라보았다. 듣기 싫은 시늉을 했지만 그녀도 속으로는 미안한 마음을 가지고 있었다.

괜히 자기 때문에 이 시간에 와 준 성주에게 미안했다. 꼰대 같은 말이라고 매도했지만 그것도 다 자신을 위한 말이라는 걸 알고 있었으니까.

한송이는 다른 곳을 쳐다보며 입을 우물거렸다. 사과를 하고 싶은데 쉽게 입이 떨어지지 않는 것이다. 한참을 고민하다가 입을 떼려는데 그 순간 편의점 밖에서 돌연 총소리가 울려 퍼졌다. 귀를 찌르는 총소리에 압도되어 한송이는 급히 입을 다물었다.

"무슨 소리지?"

성주가 자리에서 벌떡 일어났다. 총소리 외에도 뭔가를 감지한 얼굴이다. 잠시 창밖을 살피더니 송이에게 말했다.

"송이야, 나 잠깐 나갔다 올게."

"으응? 어디 가는데?"

"아니. 이만 돌아갈게. 할 일이 있었는데 깜빡했어."

성주는 그 즉시 뒤도 안 돌아보고 편의점을 나가 버렸다. 송이는 성주가 나간 편의점 밖을 한동안 하염없이 바라봤다. 그녀는 못내 아쉬운 듯 섭섭한 표정을 지었다.

'사과하려고 했는데.'

*   *   *

어떻게 해야 할까. 뭘 해야 할까. 어디서부터 손을 써야 하는 걸까. 잘할 수 있을까. 지금 잘하고 있는 걸까. 동해는 처참한 기분에 제정신을 차릴 수가 없었다.

"여기서 대체 뭘 하고 있는 거야."

멀지 않은 곳에서 익숙한 목소리가 들려왔다.

바닥에 한껏 웅크리고 있던 동해는 고개를 들었다. 맞은편에 신성주가 서 있었다. 예기치 못한 만남에 동해는 깜짝 놀라 자리에서 일어나려 했다.

허나 허벅지의 통증 때문에 일어나려다 도로 주저앉아 엉덩방아를 찧고 말았다.

"아까 총소리 듣고 따라와 봤어. 이게 대체 무슨 꼴이야?"

"이 시간까지 안 자고 있었던 거야?"

"그건 네가 상관할 바가 아니야."

성주는 새벽이 되면 한송이가 일하는 편의점에 자주 들렀다. 오늘도 여느 때처럼 그녀의 곁에 붙어 대화 상대가 되어주고 있었다.

그런데 갑자기 편의점 밖에서 교통사고가 일어났고, 경찰들이 총을 발포했다. 성주는 편의점 안에서 그 상황을 직접 본 것이다.

"넌 멍청이냐? 무슨 기 능력자가 어설프게 총을 맞아?"

"미안…… 다른 생각에 빠져 있었어."

성주는 동해에게 가까이 다가왔다. 피가 늘러 붙은 허벅지에 가까이 손을 가져갔다.

"흐음."

성주는 상처 부위에 기를 불어넣어 동해의 상처를 치료해 주었다. 다행히 큰 상처가 아니었기에 금방 치유가 되었다.

약간의 핏자국과 옷이 찢어진 흔적은 고스란히 남아 있었지만.

"뒤따라오는 길에 네가 흘린 피는 다 지워 놨어. 대한민국 경찰들이 피를 가지고 사람을 찾아낼 수 있을까 의문이지만 최대한 조심하는 게 낫겠지."

"고마워."

"그럼 이걸로 된 거다."

"된 거라니, 뭐가?"

성주는 다른 곳을 쳐다보며 쭈뼛쭈뼛 말했다.

"전에 싸운 거. 이걸로 갚은 거다."

동해는 고개를 끄덕였다.

"그래. 이걸로 네 마음속 짐을 덜 수 있다면 그걸로 됐어, 고마워."

두 사람 사이에 잠시 침묵이 오고 갔다. 어둠은 깊었고 밤은 고요했다. 그렇게 한 몇 분 정도 적막이 흐르다가 성주가 먼저 입을 뗐다.

"이야기는 들어서 알고 있어. 한별인가 하는 여가수, 네 친구였다며."

"으응."

"그런데 뭘 이렇게 멍청하게 있는 거야. 경찰한테 총이나 맞고. 이대로 가만히 있을 거야?"

동해는 우물우물거리며 답했다.

"그냥…… 뭘 어떻게 해야 할지 모르겠어. 방법이 떠오르지 않아."

"도장 운영한다는 그 스승은?"

"이런 일에 다른 사람을 끌어들일 순 없어. 내가 해야 해."

"그럼 나는?"

성주의 말에 동해는 깜짝 놀라 손을 내저었다.

"도와주겠다는 마음은 고맙지만 이 일은 위험해. 어떻게 될지 모른다고. 아까도 봤잖아. 이젠 경찰들이 능력자들에게는 총을 쏜다고."

성주는 코끝을 긁적이며 말했다.

"미안하지만 네 말을 따를 이유 없어. 네 허락을 구하려고 꺼낸 말도 아니야."

"……그게, 마음은 고맙지만."

"난 네가 이렇게 무능력하게 있을 동안 이미 혼자서 조사했어."

성주의 말에 동해의 눈이 커졌다.

"그게 사실이야?"

"그래. 네가 날 어떻게 생각할지는 몰라도 나 역시 나이트 워커야. 비록 따라하는 걸로 시작했지만 다른 녀석들에게 별로 지고 싶지는 않아. 이번 일도 수상한 낌새를 눈치채고 자발적으로 움직인 거야."

동해는 어찌할 바를 몰라 했다. 고맙기도 한 한편 미안한 기색이 엿보였다.

성주는 쯧, 혀를 차며 손을 건넸다. 동해는 잠시 바라보다 손을 맞잡아 악수했다.

성주는 아침 해가 떠오를 때까지 자신이 조사한 부분에 대해서 말해 주었다.

첫째, 자신이 검은 꼬리로 활동할 때 알게 된 기자가 한 명 있다는 것.

"박민선이라는 사람이야. 우리와 같은 기 능력자는 아니지만 정의감이 투철해. 말하자면 기를 이용해 싸우는 게 아니라 정보를 이용해 싸우는 사람이지. 민선 씨랑 함께하면서 여러 가지 덕을 보기도 했으니까. 일단은 믿을 만한 사람이고 이번 일에 대해서도 몇 가지 전해 들은 게 있어."

둘째, 이번 일은 단순히 기획사와 거물급 인사 한 명만의 문제가 아니라는 것.

"어른들 사회도 학교랑 크게 다를 건 없어. 힘이 있고 목소리가 큰 녀석들끼리 우르르 뭉쳐 다니면서 힘을 과시하지. 다른 한 녀석이 손해를 보면 다른 쪽에서 도움을 주는 거야. 일진 패거리와 비슷한 거지. 물론 일개 학교의 일진 패거리와는 비교도 할 수 없이 크고 강한 놈들이지만."

셋째, 결국 법으로 상대해야 한다는 것.

"양아치들을 갱생시키는 것과는 차원이 달라. 몇 대 때려 주고 몇 마디 나눈다고 해결될 일이 아니야. 이번에 그 여가수의 매니저가 공개한 다이어리가 결국 필체조작으로 결론이 났잖아. 법은 그놈들 편이지만, 결국 법으로 승부를 봐야 해. 불리한 게임이지만 어쩔 수 없어. 네가 살인이라도 할 거야 뭐야? 그런 거 아니라면 별수 없어."

마지막으로 넷째, 증거가 필요하다는 것.

"고로 확실한 증거가 필요해. 다른 방법으로 덮을 수 없는 빼도 박도 못할 완벽한 증거. 진짜 다이어리는 가짜가 됐어. 왜냐하면 그건 글자이기 때문이야. 글자만으로는 충분치 않아. 내 생각에는 네가 당했던 수법을 고스란히 돌려주는 게 좋을 것 같아."

"내가 당했던 수법?"

"CCTV."

"아!"

"놈들은 음성을 지워서 널 곤란하게 만들었잖아. 우리는 음성까지 고스란히 담아서 놈들을 아주 골탕 먹이자고."

그렇게 몇 시간을 건물 옥상 위에서 대화를 나누었을까. 두 사람의 머리 위로 새벽이 번졌다. 저렇듯 해가 지고 어둠이 찾아와도 결국엔 다시 태양이 떠오르고 세상은 밝아지기 마련이다.

새벽은 하루 중 가장 어두울 때지만 곧 해가 떠오른다는 암시이기도 했다. 동해는 타오르듯 떠오르는 태양을 보며 두 주먹을 가득 쥐었다. 그 주먹 안에 굳게 다짐했다.

　무슨 일이 있어서 진실을 밝혀내겠다고.

Battle 02

작전

다음 날.

동해는 성주와 함께 박민선이라는 기자를 찾아갔다. 여성스러운 이름과 달리 그는 남자였다.

삐죽삐죽한 짧은 머리칼에 부스스한 턱수염, 그리고 안경을 쓴 남자는 동해가 생각하는 전형적인 기자의 모습이었다.

그는 작지만 자신만의 작업실을 운영하고 있었다. 책상에는 온갖 서류가 가득했으며 책장에도 스크랩된 기사들이 산을 이루고 있었다.

"반갑습니다. 당신이 나이트 후드?"

동해는 혹시나 하는 마음에 후드와 마스크를 눌러쓰고 있었다. 성주가 괜찮다며 믿을 수 있는 사람이라고 했지만 동해는 아직 완전히 믿을 수가 없었다.

반면 성주는 훤하니 얼굴을 드러내고 있었다. 기로 안면 인식을 바꾼 것도 아니어서 동해는 말만 안 했지 속으로 조마조마한 기분을 느껴야 했다.

"정말 괜찮은 거야?"

"괜찮다니까. 솔직히 말해서 민선 씨가 퍼트릴 작정이었으면 진작에 퍼트렸겠지. 안 그래요?"

민선은 불을 붙이지 않은 담배를 질겅거리며 말했다.

"그런 부분에 있어서는 걱정하지 말아요. 재물에는 크게 관심이 없으니까."

"그런가요."

"나이트 후드, 한 가지 물어봅시다."

"예."

민선은 뜻을 알 수 없는 눈빛으로 동해의 눈을 똑바로 바라보았다. 그것은 무엇보다 당당하고 솔직한 눈이었다. 절대 악인의 눈이 아니었다.

"당신이 만약 일주일 뒤에 죽는다고 칩시다. 그럼 무엇을 하시겠습니까?"

뜬금없는 물음이었다.

"글쎄요? 친구들이랑 시간을 보내고, 가족하고 시간을 보내지 않을까요?"

민선이 말했다.

"난 친구도, 가족도 없습니다."

동해는 그게 무슨 말인지 몰라 잠시 생각에 잠겼다. 그러다가 뒤늦게 숨은 의미를 발견하고는 탄성을 질렀다.

"설마……"

"그 설마가 맞습니다. 일주일은 아니지만 말이죠. 여하튼 재물은 제게 아무런 의미가 없습니다."

나이트 후드는 민선의 입을 바라보았다. 그의 입에는 담배가 물려 있었지만 불은 붙어 있지 않았다.

그것이 어떤 의미인지 알 것 같아 더 이상 말을 잇지 않았다.

민선이 이어 말했다.

"프리랜서가 되기 전에는 방송국에서 기자 일을 했었어요. 취재팀과 함께 전국 방방곡곡을 돌며 발바닥에 땀 나도록 뛰어다녔죠. 그때의 경험으로 다양한 정보들을 알게 됐어요. 정보를 수집하는 방법도 알게 됐죠. 그리고 방송사의 더러운 뒷사정들도 몇 가지 알게 됐어요. 분명 기정사실인 것이 누군가의 압력에 의해 누락된다거나 묻히는 것들 말이죠. 사실 분한 마음이 없지는 않았어요. 왜 사실을 사실이라고 말 못 하는지 조금 답답하긴 했었죠. 하지만 크게 개의치는 않았어요. 열심히 취재한 걸 사람들에게 못 보인다는 게 억울했을 뿐이죠. 딱 그 정도였어요. 어쨌든 월급은 나오고 통장은 채워져 가니까. 그러다가 뒤늦게 알게 됐어요."

민선은 손가락으로 자신의 가슴을 쿡 찍었다.

"이 부분이 더 이상 못 쓸 정도로 망가졌다는 사실을. 평소에 병원도 좀 가 보고 진찰도 받아 보고 했었어야 하는데 무관심이 화를 부른 거죠. 굉장한 충격이었죠. 다른 사람도 아니고 흰 가운을 입은 의사가 두 눈을 마주치면서 말하는 거예요. 당신은 1년을 버티지 못한다고."

이야기를 들으며 동해는 침을 꿀꺽 삼켰다. 차마 도중에 끼어들 수가 없는 이야기였다.

"그때 생각이 들었죠. 언젠가 결혼도 할 거고 집도 장만해야 하니 열심히 돈을 모았는데, 그런 게 다 소용없는 거라는 사실을 말이에요. 물질이 지닌 가치보다 그 안에 숨겨진 의미가 더 중요하다는 걸 깨달았어요. 어리석게도 한참 늦은 깨달음이었죠. 그래서 방송사의 기자 일은 때려 치고 프리랜서 기자로 일하고 있어요. 남의 눈치 안 보고, 남의 압력 안 받고 진실만을 파헤치기로 했죠."

민선은 성주를 바라보며 씨익 웃었다. 성주는 고개를 끄덕였다.

"결과적으로 제가 하고자 하는 일은 묻힌 진실을 파헤치거나 민감한 사안을 끄집어내는 일이에요. 일개 프리랜서 기자가 할 수 있는 일은 아니죠. 그러다가 검은 꼬리를 만난 거예요. 저한테는 정보가, 검은 꼬리에게는 힘이 있으니 더할 나위

없는 찰떡궁합이 된 거죠. 여기에 나이트 후드까지 더해졌으니 우리는 완벽해요. 우리는 매우 강하고 공격적인 일격을 준비할 겁니다. 멍청하게 TV에, 컴퓨터에 홀려 사는 대중들이 놓치고 있는 진실을 꺼내서 직접 보여 줄 거예요. 세상을 뒤집어버릴 겁니다. 난 자신 있어요."

그리 말하는 민선의 눈은 굳은 신념으로 가득 차 있었다. 그리 건강한 인상은 아니었지만 눈빛만큼은 강렬하게 살아 있었다.

그것은 더 이상 돌아볼 곳도, 후회할 것도 없는 사람의 눈이었다.

"알겠어요."

동해는 일단 믿어 보기로 했다. 성주가 믿을 수 있다고 하였으니 분명 나쁜 사람은 아닐 것이다.

성주의 기 활용 능력은 동해보다 훨씬 뛰어나다. 분명 그도 얼굴을 드러내기 전에 민선의 마음을 읽었을 것이며 그의 가슴속에 나쁜 의도가 없다는 사실을 일찌감치 파악했을 것이다.

"자, 일단 계획을 설명할게요."

민선은 자신의 컴퓨터 자리에 앉아 앞으로 할 일에 대한 이야기를 시작했다.

"우리의 첫 번째 목표는 한별 양을 자살하게 만든 원흉과 연관돼 있는 모든 녀석들을 잡아넣는 겁니다. 그러기 위해서는 증거가 필요해요."

민선은 쓰고 있던 안경을 벗었다.

"완벽한 증거물이."

민선은 그리 말하며 책상 서랍에서 무언가를 꺼내 보여 주었다.

USB처럼 생긴 작은 전자기기였다. 작은 전자기기에는 얇게 실처럼 전선이 늘어져 있었으며 그 끝에는 손톱보다 작은 렌즈가 달려 있었다.

"초소형 카메라입니다. 이렇게 작아 보여도 성능 하나는 끝내주죠. 더군다나 소리 녹음도 되요."

동해가 물었다.

"하지만 전 그 사람이 어디에 사는지도 몰라요. 기기가 있더라도 녹화할 방법이 없잖아요."

가만히 있던 성주가 나섰다.

"걱정 마. 내가 다 알아 놨으니까."

"뭐라고?"

"네가 빌빌거릴 동안 내가 다 알아 놨어."

"대체 어떻게?"

"간단하지. 그 기획사 사장이라는 자를 찾아서 한동안 따라다녔어. 어쨌든 서로 더러운 일로 연결돼 있으니 언젠간 다시 만날 거라고 생각했지. 그리고 내 생각이 맞았어. 다시 만나더라고. 일단 그가 지내는 곳은 알아냈어. 그때는 장비가 없어서 증거를 포착하지 못했지만 더욱 큰 수확을 위해 참기로 했지."

"더욱 큰 수확이라니?"

"기획사 사장은 어떤 거물하고 연관돼 있어. 네 친구를 유린했던 그 인간 말이야. 그리고 그 인간은 또 다른 거물들과 연결돼 있다는 사실을 알아냈어."

초소형 카메라를 바라보던 동해가 물음을 던졌다.

"보아하니 이건 옷 안에 설치하는 것 같은데 사용하기 위해서는 가까이 붙어야 하잖아요? 그냥 일반 카메라로 멀리서 촬영한다거나 그러면 안 되나요?"

"아니요. 저와 검은 꼬리가 조사한 바로는 거물들끼리 서로 연관이 있는 걸로 알고 있습니다. 일단은 편하게 '그룹'이라고 칭하도록 하죠. 물론 마음만 먹는다면 한별 양을 유린한 그 나쁜 놈과 소속사 사장을 잡아넣을 증거를 포착할 수는 있습니다. 하지만 그룹 측에서 가만히 있지 않을 겁니다. 꼬리 잘라내기로 빠져나갈 수도 있고요. 어찌 됐든 그룹 전체와의 싸움은 피할 수 없습니다."

성주가 말했다.

"즉, 한두 놈이 아니라 그룹 전체의 약점을 잡을 명확한 증거를 포착해야 한다는 거지."

"그렇구나."

동해는 이제 알았다는 듯이 고개를 끄덕였다. 성주와 민선의 이야기를 들으면 들을수록 왠지 모를 초라함이 느껴졌다. 이 둘이 이렇게 준비를 할 때까지 자신은 과연 무엇을 했는지 의문과 후회가 든 것이다.

하지만 이대로 자괴감에 취할 여유는 없었다. 약간 늦긴 했지만 지금부터라도 정신 차리고 집중한다면 충분히 해낼 수 있다.

아니, 꼭 성공해야 했다. 동해에게는 반드시 해내야만 하는 이유가 있었으니까.

'벼리야, 조금만 참고 기다려 줘.'

사무실에서 대략적인 작전 회의를 한 세 사람은 본격적인 이야기를 위해 밖으로 나갔다. 동해는 바깥에 나가서도 나이트 후드의 복장을 할 수 없었기에 후드는 벗고 감기 걸린 사람처럼 하얀 마스크로 바꿔 썼다.

세 사람이 향한 곳은 어느 고층 빌딩의 앞이었다. 선글라스를 갖춰 쓴 민선이 말했다.

"바로 이곳입니다."

동해는 그게 무슨 의미인지 몰라 고개를 갸웃했다. 그러자 옆에 있던 성주가 부연 설명을 했다.

"이름은 박노식. 올해로 쉰네 살. 다목적 기업인 D그룹의 총수. 네 친구를 그 지경으로 만든 남자가 일하는 곳이야."

동해는 멍한 표정으로 건물의 꼭대기를 올려다보았다. 어이없다 못해 허망하다는 표정이었다.

"벼리하고는 아무런 상관도 없는 사람이잖아. 방송사 관계자도 아니고 음원 유통업체도 아니고. 전혀 상관없는 계통이잖아. 그런데 어떻게 이런 일이 일어날 수 있는 거지?"

착잡한 표정으로 민선이 말했다.

"아주 상관이 없지는 않아요. 연예계는 기업 중에서도 특히 대기업과 연관이 매우 깊죠. 나쁜 의미가 아니라 진정한 의미에서 스폰서가 되기도 하고 광고 계약, 방송 계약까지, 뿌리까지 깊게 얽혀 있는 게 연예계와 대기업이에요."

동해는 아득 이를 갈았다.

사실 그룹의 다른 녀석들은 아무래도 좋았다. 지금 당장 건물로 쳐들어가 벼리를 괴롭힌 녀석을 패 주고 싶었다.

못 할 것도 없었다. 놈이 안에 있다는 가정하에 지금 당장 할 수 있는 일이다. '기'라는 것은 그것을 가능하게 만드니까. 하지만 동해는 그러지 않았다.

'참자.'

그렇게 하면 당장은 분이 풀리겠지만 장기적으로 봤을 땐 동해에게, 더 정확히 나이트 후드에게 더 불리해진다.

가슴속 깊은 곳에서 증오가 끓어올랐지만 복수보다 중요한 것은 진실을 밝혀 벼리의 명예를 되찾아 주는 일이었다. 그것을 위해 지금 당장은 참아야 했다.

동해의 어깨에 손을 얹으며 성주가 말했다.

"이제부터 너와 나는 이곳에서 잠복할 거야. 잠복하면서 그의 스케줄과 동선을 완벽하게 파악하는 거지."

"그런 다음은?"

"그다음부터는 순발력 게임이야."

성주는 진지한 눈빛으로 작전에 대해 설명했다.

*　　　*　　　*

반격의 실마리를 찾은 뒤로 동해는 조금씩 기운을 되찾아 갔다. 학교에 가서도 조금씩 웃으며 밝은 모습을 보여 주었다.

벼리 문제로 며칠간 동해의 눈치를 봐야 했던 아현과 철광은 안도하며 다시 동해와 장난을 치고 대화를 나누며 지냈다.

학교를 끝마친 동해는 씩씩해진 발걸음으로 집으로 향했다. 집에 거의 도착했을 때 낯익은 이가 집 앞 대문에서 동해를 기다리고 있었다. 남민철이었다.

"민철이 형? 여기엔 무슨 일이에요?"

민철의 겉모습은 평소와 같았다. 트레이닝 바지에 러닝셔츠, 그 위에 대충 걸친 꽃무늬 남방까지. 그런 삼류조폭 같은 복장을 하고 있었지만 표정만큼은 여느 때보다 심각했다.

동해를 발견한 민철이 손을 뻗었다.

"에?"

그리곤 다짜고짜 동해의 멱살을 휘어잡았다.

"미, 민철이 형, 왜 이래요? 제가 뭐 잘못한 거 있어요?"

"잘못한 거 없다. 너는 늘 옳으니까. 그런데 너무 옳아서 문제다."

"그게 무슨 말이에요?"

민철은 동해의 옷깃을 더욱 강하게 움켜쥐었다.

"그래. 너 힘든 거 안다. 오랜만에 만난 친구가 안 좋게 돼서 가슴 아픈 건 알겠는데, 그만둬라."

이유를 몰라 어안이 벙벙했던 동해의 표정이 조금씩 일그러졌다.

"그만두라니요. 민철이 형, 알고 있었어요?"

"너는 내가 그딴 것도 모를 사람으로 보이냐!"

민철은 버럭 소리쳤다.

"긴 말 안 한다. 여기서 이만 손 떼."

살짝 주름이 잡혔던 동해의 미간에 더욱 깊은 골이 파였다. 현재 동해가 하고 있는 일은 감춰진 진실을 드러내는 일이었다.

억울하게 피해를 받은 벼리와 그의 매니저의 한을 달래고, 나쁜 놈들을 벌하고, 아무것도 모르는 사람들에게 진실을 알리는 일이다.

그런데 그만두라니?

"형도 알고 있잖아요. 제가 무슨 일을 하려는지. 그걸 알고서도 지금 그만두라는 말이 나와요? 지금 장난하는 거죠? 그렇죠?"

"장난 아니다. 다 알고서 하는 말이야."

동해는 거칠게 민철의 손을 풀었다. 그런 동해의 동작에서도, 표정에서도 슬슬 짜증이 묻어 나왔다.

"영문을 모르겠어요. 형이 왜 그런 말을 하는지. 남 일이라고 너무 쉽게 말하는 거 아니에요? 그래요, 위험할 거라는 거 알아요. 쉽지 않을 거라는 거 다 안다고요. 그렇다고 이대로 두 손 놓고 있을 수는 없잖아요. 형도 가족처럼 친한 사람이 벼리와 같은 꼴을 당했다고 생각해 봐요. 지금 같은 말을 할 수 있겠어요? 이해할 수가 없어요. 형이 왜 그런 말을 하는지."

"네 마음 모르는 거 아니다. 누구보다 잘 알고 있어. 그래서 이러는 거다. 네가 감당할 수 없는 문제야."

"길고 짧은 건 대봐야 아는 거죠. 그리고 이건 생각하고 계산할 문제가 아니에요. 직접 부딪쳐야 하는 문제라고요. 형 대체 언제부터 이렇게 겁쟁이가 됐어요? 형이 그랬잖아요. 시작도 하기 전에 겁먹을 필요 없다고. 그런데 이제 와서 이게 무슨 소리에요. 전혀 딴소리잖아요."

민철은 무척이나 수척한 표정이 되어 있었다. 심지어 동해의 눈도 제대로 마주치지 못했다.

"내가 잘못 선택한 거다. 옳은 소리만 하고 옳은 행동만 하는 널 보며 잠시 낭만에 빠졌던 모양이다. 어쩌면 너라면 내가 해내지 못한 일들을 해낼 지도 모를 거라는 그런 헛된 기대심을 품었지. 하지만 이제 와서는 그게 잘못된 생각이라는 걸 깨달았어. 동해야. 지금부터 네가 겪을 상황은 이제까지 네가 경험한 일들과는 차원이 다를 거야. 애들 싸움은 끝났다고! 이제부터는 어른들 영역이야."

민철은 담배를 꺼내 피웠다.

"이런 젠장. 내게 대체 무슨 짓을 한 거지. 처음부터 너에게 기를 가르치는 게 아니었는데. 내게 대체 무슨 짓을 한 거야."

민철은 진심을 담아 이야기했지만 동해는 듣지 않았다. 반감이 줄어들기는커녕 오히려 커져만 갔고 동해의 귀는 민철의 이야기를 듣기를 거부했다.

"집어치워요. 난 형처럼 겁쟁이가 아니에요. 되고 안 되고의 문제가 아니에요. 반드시 해내야만 하는 문제라고요. 내가 죽어도 좋아요."

동해는 그리 말하며 주먹으로 자신의 가슴을 연신 때렸다.

"그룹에 속한 권력자들이 얼마나 큰 힘을 지녔는지, 요환이라는 남자가 얼마나 강한지 내 알 바 아니에요. 난 반드시 시도할 거고 안 되면 될 때까지 할 거예요. 어떠한 피해를 받더라도 다 감수할 거예요! 세상 모두가 뜯어말려도 난 할 거라고요! 왜냐하면 난 할 수 있으니까! 내가 언제 도와 달라고 했어요? 난 형이 부담될까 봐 말조차 꺼내지 않았다고요! 그런 내 마음 알아요?"

실컷 목청을 높인 동해는 손등으로 눈을 가렸다. 바보같이 또 눈물이 나오려 했다.

가깝다고 느꼈던 사람이 자신이 하고자 하는 일을 만류한다는 배신감, 그리고 벼리의 일이 떠올라 가슴속에서부터 울컥했다.

"됐으니까 가요."

동해는 민철의 가슴을 밀쳤다.

"다 필요 없으니까 가라고요."

민철은 지그시 눈을 감고서 고개를 끄덕였다. 그리곤 쓸쓸하게 뒤로 돌아 갔다. 동해는 치밀어 오르는 감정을 주체하지 못하고 멀어져 가는 민철의 뒷모습을 바라보았다.

집으로 들어간 동해는 TV를 켰다.

벼리 사건 이후로 TV는 아무런 의미가 없다는 사실을 깨달았다. 그냥 웃고 즐기자고 보는 거야 아무래도 좋지만 TV가 알려 주는 모든 것이 진실이 아닐 수도 있다는 걸 깨달았기 때문이다.

아니, 그 웃고 떠드는 것조차 어쩌면 짜인 극본일 수 있다. 우리를 현혹시키기 위한 장치일지도 모르는 노릇이다.

3S라는 말이 있다.

섹스(Sex), 스크린(Screen), 스포츠(Sports).

과거 80년대에 정부에서 시행했던 '우민화 정책' 중 하나이다. 포르노 장르와 영화, 그리고 스포츠 산업을 장려해 국민들을 우민 즉, '바보'로 만들어 정치와 진실로부터 무관심하게 만드는 정책이다.

TV에서는 연예 뉴스가 한창 나오고 있었다. 프로그램이 모두 끝날 때까지 벼리에 대한 뉴스는 나오지 않았다.

며칠 전만 해도 간간히 소식이 나왔지만 언젠가 부터는 코빼기도 비치지 않았다. 그 대신 화제의 뉴스 자리를 꿰어 찬 것은 전혀 엉뚱한 소식이었다.

"생방송 도중 인기 여가수 A 양의 상의가 흘러내려 가슴이
노출되는 사고가 있었습니다……."

동해는 그 뉴스를 보며 헛웃음을 지었다. 모자이크 처리가 된 영상을 보니 왠지 모르게 웃음이 터져 나왔다.

동해는 TV를 끄고 컴퓨터 앞에 앉았다. 인터넷 뉴스들을 뒤져 보았다.

없다. 아무리 찾아봐도 벼리에 대한 새로운 뉴스는 찾아볼 수 없었다.

비록 벼리의 다이어리가 필체조작으로 결론이 났다지만 그 이후에 대한 소식조차 없다니. 어쩐지 초조해 동해는 잘근잘

근 입술을 깨물었다.

인터넷도 더하면 더했지 크게 다르지 않았다.

—해외에서 부는 K-POP 열풍, 전격 취재!

—제작비 이백억 원, 초대형 블록버스터가 온다!

—심각한 학교 폭력, 원인은 판타지 소설?

대한민국 국민으로 우월감을 느끼게 하거나, 돌팔매질을 돌릴 새로운 제물을 찾는다거나, 다 그런 식의 기사만 판을 쳤다. 컴퓨터를 끈 동해는 침대에 누웠다. 갑자기 피곤함이 밀려왔다.

벼리, 그룹, 초소형 카메라, 남민철, 복수, 3S, 인기 여가수의 상의 노출 사고……

머릿속이 온갖 생각들로 가득 차 잡탕이 되었다. 지금은 너무 피곤했다. 동해는 오늘은 이만 일찍 자고 내일부터 다시 생각하기로 했다. 어차피 내일부터는 이것저것 준비하느라 바쁠 테니까.

동해는 깊게 한숨을 쉬며 눈을 감았다.

Battle 03

돌입

동해와 성주는 계획했던 작전에 돌입했다.

두 사람이 민선과 함께 계획한 작전은 다음과 같았다.

우선 D그룹의 총수인 박노식의 뒤를 쫓는다. 지위가 위치이니 만큼 걸어 다닐 리는 없고, 차를 타고 다닐 것이다.

일반적인 미행과는 차원이 다르겠지만 최대한 능력을 발휘해 계속 뒤를 밟는다.

우선 첫 번째로 할 일은 미행이다.

"좋아. 이 정도면 준비는 다 된 것 같네."

화창한 오후.

동해와 성주는 고층 빌딩 옥상에 올라와 있었다. 바람은 선선했고 미행보다는 데이트하기에 딱 좋은 날씨였다. 이마 위로 부는 바람을 느끼며 동해는 심호흡을 했다.

"꽤 잘 어울리는걸?"

성주를 바라보며 동해가 말했다. 성주는 평소에 입지 않는 검은 정장을 입고 있었다.

그리고 옷 안쪽에 초소형 카메라를 장착했다. 성주가 쓰게 웃으며 말했다.

"이거 구하느라고 얼마나 깨졌는데. 지금 민선 씨랑 나랑 완전 빈털터리야."

성주가 입고 있는 고급 정장 역시 작전의 일환이었다.

"저기 나온다."

박노식이 경호원들과 함께 집에서 나왔다. 현재 성주가 입고 있는 옷은 경호원들이 입고 있는 옷과 똑같았다. 인식 장해술을 걸어 경호원들 틈에 감쪽같이 끼어들 작정이다.

동해의 경우 아직 그 기술을 익히지 못한지라 그 부분에 있어서는 손 놓고 있어야 했다.

"가자."

노식과 경호원들이 탄 자동차가 출발했다. 회사에 출근하려는 것이다. 동해와 성주도 D그룹 본사가 있는 곳으로 출발했다.

동해가 계속해서 건물 위에서 자동차를 주시할 동안 성주는 밑에서 자동차보다 발 빠르게 먼저 회사에 도착했다.

이미 몇 번의 잠복 끝에 노식의 자동차가 늘 주차하는 위치를 알아 둔 상태였다.

본사 건물의 지하 주차장. 성주는 기를 이용해 감시 카메라를 잠시 먹통으로 만들어 놓고 대기했다. 얼마 지나지 않아 노식의 차가 등장했다.

자동차가 멈춰 서고 그 안에서 노식과 경호원들이 밖으로 나왔다. 기둥 뒤에서 대기하고 있던 성주는 능청스럽게 그 무리에 끼어들었다.

건장한 경호원들과 복장도 같았고 체구도 비슷했기에 인식 장해술은 더욱 손쉽게 먹혀들었다. 성주는 손목의 단추를 만지작거리며 씨익 웃었다.

차에서 내린 노식은 무슨 영문인지 경호원들을 훑어보았지만 이상함을 느끼지 못했는지 도로 고개를 돌렸다. 그 모습에 바짝 긴장했던 성주도 속으로 안도의 한숨을 내쉬었다.

동해는 D그룹 건물의 맞은편 빌딩 옥상에서 대기했다. 현재로써는 그가 할 수 있는 일이 없었다. 그저 귀에 이어폰을 꼽고서 소리에 집중했다.

아무리 기를 사용한다고 해도 건물 안쪽을 투시할 수는 없다. 그래서 마이크를 통해 소리로 안쪽의 상황을 주시하는 것이다.

동해는 난간에 기대 맞은편에 있는 건물을 멀거니 바라보기만 했다.

'긴장돼 죽겠네.'

작전의 무게감에 비해 투입된 인원은 고작 두 명이다. 한 명이 더 있기는 하지만 박민선은 능력자가 아닌 일반인이라 현장에서는 제외되었다.

결국 열여덟 살의 고등학생 둘이 모든 것을 해결해야 했다.

아무리 기 능력자지만 결국 미성년자에 청소년이다. 청소년 둘이 거대한 권력에 맞서 싸워야 하는 형편이라니. 동해는 자조감이 들었지만 이내 우울한 기분을 떨쳐냈다.

〈자넨 저쪽에서 대기해.〉

〈예.〉

이어폰을 통해 딱히 들려오는 소리는 없었다. 가끔 잔심부름을 시키고 성주가 단답형으로 대답하는 정도가 고작이었다.

그때, 이어폰에서 누군가가 얻어맞는 소리가 들려왔다.

'뭐지?'

이내 성주의 해명이 이어졌다.

〈동해야, 걱정하지 마. 아무 문제없어. 무선 이어폰이 없는지라 다른 놈 거 빼앗은 거니까.〉

동해는 듣기만 하는 입장인지라, 성주의 설명을 듣고서 고개를 끄덕였다.

그 이후로 쭉 지루한 기다림의 시간이 이어졌다. 어차피 작전의 최종 목적지는 D그룹의 본사가 아니다. 진짜 작전은 박노식이 퇴근한 이후에 이루어진다.

"하아."

동해는 화창한 하늘을 올려다보며 한숨을 쉬었다.

얼마나 시간이 지났을까. 슬슬 해가 지고 있었다. 그때까지도 동해는 졸지 않고 망부석처럼 대기하고 있었다. 지루한 시간 끝에 이어폰에서 성주의 목소리가 들려왔다.

〈지금 밖으로 나간다. 동해야, 준비해.〉

억지로 졸음을 참던 동해는 자연스레 잠이 달아나는 것을 느꼈다. 손바닥으로 양 뺨을 찰싹찰싹 때리며 몸을 풀었다.

성주의 말대로 노식의 자동차가 지하 주차장을 빠져나왔다. 동해는 집중하여 차의 차창을 바라보았다. 차 안에 성주가 있었다.

성주도 차창 너머로 동해가 있는 건물 옥상을 지그시 올려다보았다.

동해는 몸을 풀고는 자동차의 진행 방향을 따라 건물 위를 이동했다. 동해는 끈기 있게 자동차를 쫓았다. 자동차가 빠른 편이기는 하지만 중간에 신호등에 걸리기도 하여 뒤쫓는 데 아무런 문제가 없었다.

자동차를 미행한 지 한 시간 정도가 됐을까. 동해도 슬슬지쳐 갔다.

그런데 가만 보니 자동차가 일직선으로 죽 가는 게 아니라 근방을 빙빙 돌고 있는 게 아닌가? 아무리 보아도 수상하기 그지없었다.

성주의 목소리가 들려왔다.

〈너도 느끼고 있지? 계속 같은 자리를 여러 번 맴돌고 있어. 분명 모임에 가려는 걸 거야.〉

〈자네 아까부터 뭐라고 중얼거리는 건가?〉

〈하하, 아닙니다.〉

성주와 다른 경호원이 나누는 대화를 들으며 동해는 작게 웃었다.

한 시간 반 정도가 지났을까. 드디어 자동차가 어느 건물 지하주차장에 진입했다. 동해는 이마의 땀을 닦으며 건물을 살폈다.

'미래생명? 뭐하는 곳이야?'

박노식과 대입해 봐도 전혀 상관없는 엉뚱한 곳이었다.

'하긴. 비밀회의를 하려면 전혀 다른 곳을 찾아야겠지. 자기가 평소 다니는 곳을 갈 수는 없잖아.'

동해는 그렇게 스스로 납득했다.

〈여긴가.〉

혼잣말을 하는 성주의 목소리에도 긴장한 기색이 역력했다. 바로 이곳이다. 이곳이 권력자들의 회의가 이루어지는 모임의 장소, 결전의 장소다.

동해는 마른 입술을 핥으며 침을 삼켰다. 목적지에 도착했지만 아직도 동해 차례는 아니었다.

즉, 아직 전반전조차 끝난 상황이 아니라는 이야기다. 긴장의 끈을 놓을 수는 없었다.

'성주야, 잘해야 해.'

동해는 주먹을 가득 쥐었다.

*   *   *

성주는 경호원들과 함께 건물 안으로 들어갔다.

"그래, 자네 둘은 이곳에서 기다리게."

그때였다.

노식의 입에서 전혀 예상치 못한 말이 나왔다. 현재 그의 곁에 있는 경호원은 다섯 명. 그중 성주와 다른 하나를 가리키며 이곳에 남으라고 한 것이다. 성주는 너무 당황한 나머지 되물었다.

"저요?"

"그래. 자네랑 자네. 두 사람은 밖에서 기다리고 있게."

"그……."

"뭐, 문제 있나?"

"아닙니다."

성주는 애써 당황한 기색을 감추며 뒤로 돌았다. 성주와 함께 빠지게 된 경호원이 성주의 등을 토닥이며 이상하다는 듯 말했다.

"아까부터 너 왜 그래? 막 혼잣말하고 그러던데."

"아무것도 아니야. 신경 쓰지 마."

아무렇지 않은 척 연기하였지만 성주의 등에는 식은땀이 줄줄 흐르고 있었다. 그러는 사이 경호원 셋과 노식은 엘리베이터에 탑승하고 있었다.

"저기. 나 화장실 좀 갔다 올게. 밖에서 기다리고 있어."

성주는 일단 화장실 가는 척하고 비상계단을 이용할 생각이었다. 그러나 상황은 쉽게 흐르지 않았다.

"그래? 나도 가자. 아까부터 참고 있었어."

"……그래."

성주는 어벙한 표정의 경호원과 함께 화장실로 들어갔다.

"후, 터지는 줄 알았네."

경호원이 바지를 내리고 볼일을 보는 사이, 성주는 팔짱을 끼고서 묵묵히 기다렸다.

"자네는 일 안 봐?"

"볼 거야."

"언제?"

경호원이 볼일을 다 보고 지퍼를 올리자 성주가 웃으며 말했다.

"지금."

성주의 손날이 경호원의 목을 쳤다. 경호원이 비명도 못 지르며 컥컥대는 사이 복부를 올려쳐 그를 기절시켰다. 성주는 그를 대충 변기 칸 안에 집어넣고는 화장실 밖으로 나왔다.

"이런 젠장."

성주는 방금 노식이 타고 올라간 엘리베이터를 확인했다. 현재 5층을 향해 올라가고 있었다. 성주는 급히 비상계단을 통해 위로 올라갔다.

온몸에 기를 활성시켜 최대한 속도를 높였다. 계단을 밟는 게 아니라 벽과 난간을 발로 박차며 최대한 빨리 위로 향했다.

"젠장! 대체 몇 층까지 있는 거야?"

엘리베이터의 속도를 따라잡는 건 둘째 문제였다. 그보다는 건물의 층수가 너무 많았다. 총 40층의 고층 빌딩.

40층까지 올라가는 건 문제가 아니었지만 그만큼 기가 소모된다는 게 문제였다. 기가 많이 소모될수록 만약의 사태에 대비할 수가 없을 테니까.

하지만 지금은 그게 중요한 게 아니었다. 이미 두 명의 경호원을 기절시켰다. 오늘 작전이 실패하면 당연히 박노식은 경계를 강화할 것이고 더욱 조심스러워질 것이다.

어쩌면 오늘 이후로는 시도조차 못 할 수도 있다. 어떻게든 오늘 내로 결판을 내야 했다.

"칫."

엘리베이터는 정확히 39층에서 멈추었다. 엘리베이터의 문이 열리며 노식은 나머지 세 명의 경호원들을 내보냈다.

"여기서 잠시 기다리게."

"예. 무슨 일 생기거든 바로 연락 주십쇼."

"알았네."

성주도 간신히 타이밍에 맞추어 39층에 도착할 수 있었다. 땀범벅이 된 성주의 등장에 경호원들과 노식은 고개를 갸웃했다. 노식이 말했다.

"자네는……? 내가 밑에서 대기하라고 하지 않았나?"

성주는 숨을 씩씩거리며 말했다. 의미심장한 미소를 지으며.

"나도 그러고 싶었는데 그럴 수가 없더라고. 미안한데 옷 좀 빌릴게."

"그게 무슨……"

잠시 후.

성주는 기절한 네 사람을 화장실 칸에 몰아넣고는 밖으로 나왔다. 잠시 거울 앞에 서서 옷매무새를 점검했다. 성주의 옷은 노식이 조금 전까지 입고 있던 하얀 정장이었다.

하얀 정장에 하얀 구두. 굉장히 불쾌한 센스였지만 어쩔 수 없었다. 거울에 비친 성주의 모습은 어느새 완벽하게 노식의 모습으로 둔갑해 있었다.

"거 참. 어쩔 수 없다지만 진짜 기분 나쁘네."

살이 투실투실하고 주름진 모습을 하고 있자니 속이 메슥
거리는 기분이었다. 성주는 노식의 뒤뚱뒤뚱한 걸음걸이를 흉
내 내며 엘리베이터에 올라탔다. 성주는 손목에 부착된 카메
라의 마이크에 대고 말했다.

"동해야, 지금 들어간다."

그렇게 성주는 40층에 진입했다.

"흐음."

한편, 맞은편 건물에서 기다리는 동해도 긴장되기는 마찬
가지였다. 더욱이 현재로썬 도움을 줄 수 있는 방법이 없기에
초조함이 더했다. 그저 믿고 기다리며 기도하는 수밖에 없었
다.

"제발."

성주는 평소 긴장을 느껴 본 적이 없다. 남들보다 뛰어난
능력과 조건을 가지고 있는 성주는 살면서 떨 일이 없었다.

하지만 지금은 달랐다. '적'들 틈바구니에 정체를 감추고
숨어 있자니 심장이 터질 것 같았다. 혹여나 말이라도 걸어 온
다면 뭐라고 대답해야 할지 걱정이 태산 같았다.

"이제 오는군."

모임의 임원들은 다들 벌써부터 와 있었다. 노식으로 변한
성주가 제일 늦은 것이다. 눈매가 날카로운 사내가 성주를

바라보며 툴툴거렸다.

"또 또 늦는군. 누가 보면 댁이 이 모임의 수장인 걸로 알겠수다."

"미, 미안하군."

성주는 대충 둘러대듯이 대답했다. 그러면서 눈으로는 임원들을 차근차근 살폈다. 인원은 자신까지 합쳐서 총 열 명. 다들 나이가 지긋한 사람들뿐이었다. 자신을 질책한 젊은 사내가 삼십 대 중후반 정도로 그나마 제일 젊었다.

"자, 그럼 회의를 시작합니다."

회의에 대해서 아무런 준비도 되지 않은지라 성주는 가시방석에 앉은 느낌이었다. 성주는 테이블 앞에 놓인 생수를 연거푸 들이켰다.

"일단 한별 양 매니저 처우 문제는 우리 검찰 측에서 완벽하게 처리했습니다. 이어질 재판에서도 그에게는 전혀 승산이 없을 겁니다."

"각 방송사 측에도 압력을 넣었으니 한별 양 소식은 나오지 않을 겁니다."

차례대로 자신들이 하고 있는 일에 대해 브리핑했다. 회의 자체가 노식이 일으킨 문제를 수습하는 일이기에 다행히도 성주가 나설 일은 없었다. 성주의 옆에 앉은 젊은 사내가 말했다.

"이야, 노식 씨는 좋겠어요. 암만 더러운 걸 싸질러도 이렇게 우리가 깔끔하게 뒤처리를 해 주니까 말이에요."

"그, 그런가."

"그래서 말인데. 잘못은 노식 씨가 했으니 당신도 뭔가를 해야 하지 않겠어요? 그렇게 생각 안 하나요?"

"그래야겠지."

젊은 사내가 음흉하게 웃으며 말했다.

"한별 양의 처리는 당신에게 맡기겠습니다."

"뭐라고?"

"뭘 그렇게 놀라요. 이대로 간다면 아무 문제없이 완만하게 끝날 겁니다. 어디까지나 한별 양이 안 깨어나거나, 아니면 이대로 죽을 경우에나 해당하는 이야기죠. 그럴 가능성은 낮지만 한별 양이 기적처럼 깨어나면 공든 탑이 무너진다고요. 안 되겠다 싶으면 댁을 쳐내는 수밖에."

성주는 입술을 깨물며 생각에 잠겼다.

'이 자식들 뭐야. 그 여자애를 죽이기라도 하겠다는 거야 뭐야?'

젊은 사내는 거침없이 말했다.

"원인은 당신에게 있으니 마지막은 댁이 장식해야겠죠. 검찰 측에서 증거조작하고 방송국들이 정보를 자체 검열합니다. 그리고 노식 씨는 현재 놀고먹고 있죠. 그런 고로 한별 양의 마무리를 부탁드립니다."

"아, 알겠네."

성주는 질렸다는 듯이 둘러댔다.

"얼레? 이 사람이 오늘따라 왜 이렇게 고분고분하대. 오늘 따라 좀 이상한걸."

"그런가. 내가 오늘 좀 몸이 안 좋아서 말일세."

"그래요? 아침에 나랑 통화할 땐 그렇게 화통하던 양반이 왜 갑자기 몸이 안 좋아졌대."

성주는 아차 싶었지만 다행히도 젊은 사내가 그 이상 파고 들지 않았다.

회의는 계속되었다. 초소형 카메라가 손목 단추 부분에 부착돼 있는지라 성주는 계속 테이블 위로 손을 올리고 있어야 했다.

턱을 괸다거나 뺨을 긁적인다거나. 성주가 하는 일은 단지 그것뿐이었지만 정신적으로 굉장히 피로감을 느끼고 있었다.

여기까지 오기 전에 너무 힘을 빼 버렸고 자리가 자리인지 라 안심이 되지 않았다. 그리고 그러한 점이 성주의 기와 체력을 급속도로 앗아갔다.

"응?"

한창 대화가 오가던 중 성주의 눈에 기이한 것이 보였다. 테이블 위에 있는 서류 중 하나가 갑자기 구겨진 것이다. 마치 누군가가 발로 밟은 모양새였다.

또각또각.

그뿐만이 아니었다. 테이블 위로 발소리가 울렸다. 게다가 발소리는 점점 성주를 향해 다가오고 있었다.

'뭐야?'

한 박자 늦게 발소리의 주인공이 모습을 드러냈다. 전에 요환과 함께 나타났던 비서 차림의 여인이었다. 그녀는 테이블 위에 서서 성주를 차분하게 내려다보았다.

"이런."

성주는 멍한 표정이 되어 그녀를 올려다보았다.

'들킨 건가?'

여인의 등장에 모임 인원들 역시 놀라기는 마찬가지였다. 그녀의 등장은 예정되어 있던 부분이 아니었다.

"뭐야, 저 여자?"

곱게 뒤로 묶은 검은 머리칼의 여인은 한참을 가만히 있다가 성주의 턱을 향해 발을 올렸다.

"으윽!"

성주는 몸을 뒤로 넘어트려 간신히 공격을 피했다. 공격은 피했지만 갑작스런 기습에 변신이 풀려 버렸다.

"저, 저 녀석은 뭐야!"

이상한 여자의 등장에 놀라기는 했지만 그렇다고 해서 계획이 완전히 뒤틀린 것은 아니었다. 이미 필요한 부분은 모두 카메라에 담았다.

이제 이 카메라를 안전하게 보존만 하면 된다. 안전하게 빠져나갈 수만 있다면 말이다. 테이블 위에 서 있던 여인은 성주를 향해 허리 숙여 인사했다.

"제 이름은 이선영입니다. 지금부터 당신을 막겠습니다."

"대단한 자신감이군. 할 수 있으면 해 봐."

"하겠습니다."

선영은 차분히 눈을 감았다. 그러자 다시 감쪽같이 모습을 감추었다. 배경과 동화되어 완전히 사라진 것이다. 성주는 객기를 부렸지만 그녀가 사라지자 당황을 감추지 못했다.

"어쩔 수 없지."

성주는 자리에서 일어나 주변을 경계했다. 그러다가 돌연 유리벽을 향해 발차기를 날렸다.

와장창!

성주의 발차기에 전면유리가 깨져 나갔고 강렬한 바람이 펜트하우스 내로 불어닥쳤다.

"으윽!"

임원들은 휘날리는 서류에 습격당해 허우적거렸다.

"준비 됐냐! 받아!"

성주는 카메라가 붙어 있는 손목 부분을 뜯어내 밖을 향해 던졌다. 맞은편 건물의 옥상에서 대기 중인 동해를 향해.

동해는 작지만 빠르게 날아오는 초소형 카메라를 받았다. 동해는 손가락 두 마디밖에 안 하는 카메라를 고이 주머니에 넣고는 밑으로 내려갔다.

이제부터 후반전 시작이다. 전반전, 성주가 해야 할 일은 모두 끝났다. 성주는 책상을 걷어차 뒤집고는 펜트하우스를 박차고 나왔다.

예전 같았으면 단숨에 밑으로 뛰어내렸겠지만 현재는 불가능했다. 한송이에게 인식 장해술법을 가르치기 위해 절반 정도나 기를 건네준 상태기 때문이다.

성주는 번개 같은 속도로 복도를 내달려 엘리베이터에 탑승했다. 금방 엘리베이터의 문이 닫혔고 엘리베이터는 1층을 향해 내려갔다. 성주 본인이 생각해도 엄청난 속도였기에 아무리 그녀라 해도 쫓아오지 못했으리라 생각했다.

"휴. 다행이야."

"정말 그렇게 생각하십니까?"

목소리는 바로 뒤에서 들려왔다. 이선영, 그녀는 투명하게 모습을 감춘 채 성주의 뒤에 붙어 있었다.

"큭!"

선영은 곧장 팔을 둘러 성주의 목을 휘감았다. 다급해진 성주는 팔꿈치를 휘두르려했지만 선영의 방어는 탄탄했다. 팔꿈치에 맞지 않게끔 최대한 성주의 몸에 밀착한 상태였다.

"크읏! 꺼져!"

성주는 최대한 몸부림을 쳤다. 이리저리 팔꿈치를 휘두르고 발을 밟고, 벽으로 몰아세웠다. 아무래도 두 사람이 싸우기에 엘리베이터는 너무 좁았다.

두 사람이 과격하게 움직일 때마다 엘리베이터는 심하게 요동쳤다. 선영은 호리호리하고 선한 인상과는 달리 압도적인 힘을 가지고 있었다. 도저히 완력으로는 상대가 되지 않았다.

"으윽!"

머리에 피가 몰려 어지러움을 느낀 성주는 에라 모르겠다는 심정으로 발로 바닥을 내리찍었다.

콰직!

그러자 엘리베이터의 바닥이 무너졌다.

"와악!"

밑으로 쑤욱 꺼지는 기분을 느끼며 성주는 비명을 질렀다. 선영은 급히 손을 풀고는 벽에 붙어 매달렸다. 하지만 준비가 안 돼 있던 성주는 깊은 어둠 속으로 추락했다. 이리저리 벽에 부딪치며 떨어지다가 간신히 홈을 붙잡고 멈추었다.

"헉헉."

간신히 벽에 붙은 성주는 위를 올려다보았다. 굴러 떨어지면서 꽤나 밑으로 내려온 모양이다. 엘리베이터는 성주 머리 위 까마득한 위치에 있었다.

한 가지 문제는 밑으로도 여전히 까마득하다는 것이지만 말이다.

벽의 손잡이를 붙잡고 버티고 있던 선영은 힐끔 밑을 내려다보았다. 그러더니 무슨 생각이 든 건지 손을 뻗어 천정을 뜯어냈다.

"……."

뜯어낸 구멍으로 엘리베이터 천정에 오른 선영은 엘리베이터를 지탱하는 로프와 와이어를 손날로 잘라냈다. 그러자 천천히 내려가던 엘리베이터가 급속도로 추락하기 시작했다.

"미친!"

벽에 간신히 붙어 있던 성주는 급히 손을 뻗어 정면의 문을 열었다. 입을 안 열겠다고 버티는 문을 힘으로 열어 재끼고는 간신히 몸을 빼냈다.

"으앗!"

성주가 통로에서 복도로 겨우 몸을 빼내자 바로 그 직후 엘리베이터가 무서운 속도로 떨어졌다. 간발의 차로 목숨을 건진 성주는 주섬주섬 자리에서 일어났다.

이럴 때가 아니었다. 얼른 이곳을 벗어나야 했다. 상대는 모습을 감추는 능력자다. 언제 또 곁으로 다가와 목을 조를지 모를 일이었다.

*　　　*　　　*

카메라를 건네받은 동해는 빠르게 건물 위를 옮겨 다녔다. 이제부터는 동해의 차례였다. 현재 주머니에 들어 있는 손가락 두 마디보다 작은 카메라에 전세를 뒤집을 수 있는 조커가 들어 있다.

이제 이것을 들고 안전한 곳으로 피신한다면 파묻혀 있는 진실을 세상에 알릴 수 있을 것이다. 목적지는 민선의 사무실이었다.

카메라를 민선에게 넘기면 미리 준비하고 있던 민선이 파일을 추출해 방송국에 넘기고 인터넷에 유포할 예정이었다.

한 가지 문제가 있다면 현재 있는 곳에서 민선의 사무실까지는 거리가 제법 된다는 것이다. 한강 다리를 건너야 할 정도의 거리였다. 동해는 두근거리는 가슴을 안고서 최대한 속력을 올렸다.

Battle 04

가로막는
자들

　성주는 비상계단을 통해 정신없이 밑으로 내려갔다. 빠르게 계단을 밟아 내려가면서도 신경을 곤두세워 주변을 살폈다.

　"윽!"

　열심히 내려가다가 보이지 않는 무언가에 발목이 걸려 몸이 허공을 날았다. 성주는 허공에서 제비를 돌아 간신히 넘어지지 않을 수 있었다.

　"도망 못 칩니다."

　선영의 목소리는 무척이나 차분했다. 사무적이다 못해 무감정하게 들리기까지 했다.

저 여자는 어째서 악의 측에 서서 싸우려는 걸까? 사람을 겉만 보고 판단해서는 안 된다지만 방금 전에 회의를 나눴던 자들과 한패거리라는 게 도무지 믿겨지지 않았다.

"당신 도대체 왜 이러는 거야. 왜 그 사람들 편에 서서 싸우는 거지? 내가 지금 하려는 일이 무슨 일인지 알고서 막는 거야?"

"저는 그 사람들과는 아무런 상관이 없습니다."

"그럼 어째서?"

"저는 요환 님의 명령을 따를 뿐입니다. 단지 그뿐입니다."

"요환……"

요환이라는 두 글자에 성주는 본능적으로 미간을 구겼다. 성주 또한 그와 인연이 옅지 않았으니까.

"이봐. 그놈은 저기 위에 있는 녀석들보다 더 악질적인 녀석이라고."

"함부로 말하지 마세요. 그분은 저의 은인이자 영웅입니다."

"영웅?"

요환과 전혀 어울리지 않는 단어에 성주는 대놓고 거부감을 드러냈다.

"그분은 다 죽어 가던 저를 살려 주셨습니다. 그건 목숨 정도의 의미가 아니라 잃어버린 삶의 의미를 찾아 주었다는 의미입니다."

"그럴 리가 없어. 당신은 속고 있는 거야. 그 인간이 쓸데없이 남을 도울 리가 없어."

"왜 그렇게 생각하죠?"

"그 녀석은 별로 착한 녀석이 아니거든. 좋은 의도를 가지고 행동할 리가 없어."

선영은 고개를 저었다. 투명해서 성주의 눈에는 보이지는 않았지만. 그녀는 자신의 이야기를 했다.

"제가 고등학생 시절, 저는 흔히 말하는 왕따였습니다. 이유는 저도 잘 모르겠습니다. 아이들은 저를 기피했고 같이 어울려 주지 않았습니다. 그래도 상관없었어요. 어차피 저는 혼자 있는 걸 좋아했거든요. 거기까지는 크게 문제가 되지 않았어요. 문제는 그다음이었죠. 무시에 무시로 대처하자 아이들은 그런 제 모습이 마음에 들지 않았나 봐요. 무관심이 관심으로 바뀌었죠. 좋은 관심은 아니었어요. 괴롭힘이었거든요. 학생들의 괴롭힘이라고 해서 유치하다고 볼 만한 수준은 아니었다고 생각해요. 그건 고문이었어요. 담뱃불을 피부에 갖다 댄다거나, 머리카락을 자른다거나, 분필을 먹게 했죠. 저는 아이들에게 물었어요. 왜 이러는 거냐고. 대체 이러는 이유가 뭐냐고. 그 아이들이 제게 뭐라고 대답했을까요?"

"몰라."

"'그냥'이었어요. 그냥. 말 그대로 아무 이유가 없는 거예요. 관심받기 위해 괴롭힌다거나 놀린다거나 하는 수준이 아니었죠. 그 아이들은 그냥 아무런 이유 없이 사람을 때리고 머리카락을 자르고, 분필을 먹이고 담뱃불로 지지는 거예요. 그 아이들은 저를 이유 없이 괴롭혔어요. 그래서 저는 그 아이들을 이유 있이 죽였죠. 다 죽였어요. 그게 잘못된 방법이라는 건 알고 있었지만 그것 말고는 답이 없었거든요. 학교도, 세상도 괴롭히는 아이들 편이었어요. 제 편은 아무도 없었죠. 그래서 죽였어요. 최대한 비참한 방법으로. 그리고 그때 요환 님이 나타났죠. 그대로 살인자가 되어 비참하게 살 수 있었던 저를 구원해 주셨어요. 거기서 끝날 수 있었던 제 사람을 연장해 주었죠. 좀 시시한 이야기인가요?"

선영은 잠시 호흡을 고른다.

"저도 그분이 인간적으로 좋은 사람이라고는 생각하지 않습니다. 하지만 제게 있어서는 좋은 스승이며 아버지이고 오빠입니다. 세상 사람들 모두 그렇지 않나요? 모든 부분에 있어서 옳을 수는 없어요. 다들 이중적인 면이 있죠. 사람은 입체적이니까요. 한 면만 볼 수는 없어요. 그분은 저에게는 좋은 사람입니다. 다른 의도를 가지고 선행을 베풀었다고 해도, 제가 받은 은혜가 없었던 것이 되는 건 아니잖아요? 그 점만큼은 변하지 않아요."

무슨 생각인지 선영은 투명화를 풀었다. 특유의 무감정한 눈으로 성주를 바라보았다.

"당신의 이야기는 들어서 알고 있습니다. 한송이라는 이름의 여학생의 목숨을 구해 주었다죠?"

"크으."

"그 여학생과 제가 다를 게 뭐죠? 그 여학생은 당신이 무슨 짓을 하더라도 믿고 따를 겁니다. 은인에 대한 감정이란 그런 것이죠. 절 매도하셔도 좋습니다. 저 역시 모든 이들에게 좋은 사람이고 싶지 않아요. 다만 그분에게만큼은 어떤 일이든 믿고 맡길 수 있는 사람이고 싶습니다."

성주는 질렸다는 듯 손으로 이마를 덮었다.

"그래. 네 이야기 잘 들었다. 그런데 지금 네가 하고 있는 짓은 너에게 나쁜 짓을 했던 그 인간들과 똑같은 짓이라는 건 모르나 봐? 결국 너도 이유 없이 다른 사람을 고문하고 괴롭히는 사람들이랑 같잖아."

"인정하기로 했습니다. 힘이 있다면 그래도 된다는 걸. 이유가 없어도 그런 행동을 할 수 있다는 걸. 저는 단지 그 아이들보다 힘이 더 강했을 뿐입니다."

"그래, 마음대로 해라. 눈물 나는 러브 스토리로군. 이선영이라고 했나? 댁이 한 가지 잘못 알고 있는 게 있어."

"뭐죠."

"송이는 내가 잘못된 길을 걷는다면 두 팔 걷어붙이고 뜯어말릴 거다. 아예 대놓고 두들겨 팰지도 모르지. 걔는 그런 애거든. 마냥 잘 보이고 싶어서 알랑방귀나 뀌는 그런 사람이 아니야. 믿음이라는 건 그렇게 밑도 끝도 없이 퍼 주는 게 아니야. 아닌 건 아니라고 말해 주고, 잘못된 길을 가면 바로잡아 주는 거라고."

"좋습니다. 대화는 이만하지요."

선영은 눈빛을 날카롭게 빛내며 모습을 지웠다. 성주는 아차 싶어 다시 계단을 내려갔다. 창을 깨고 밖으로 나갈 수도 있지만 아직도 층수가 너무 높았다.

지금 능력으로는 5층 정도는 되어야 무리 없이 착지할 수 있을 것이다. 현재의 층수는 15층. 아직도 한참 남았다.

"못 갑니다."

바람을 가르는 소리와 함께 뭔가가 다가왔다. 성주는 본능적으로 고개를 틀었고 날카로운 것이 뺨을 스쳤다. 선영의 손날이었다. 그녀는 손날에 기를 담아 칼같이 사용했다.

"큭!"

비상계단은 말 그대로 계단만 존재하는 좁은 곳이었기에 피하기가 여의치 않았다. 공격하는 측도 움직임에 제약을 받아야 할 텐데 그녀는 벽과 바닥, 천정을 박차며 자유롭게 이동했다. 선영의 공격이 빗나갈 때는 벽과 바닥에 날카롭게 긁힌 자국이 그려졌다.

"큑!"

성주는 도무지 정신을 차릴 수가 없었다. 실력이 나쁜 것도 아니고 보이지도 않는다. 상대할 마땅한 방법이 떠오르지 않았다.

보이지 않는 발에 걷어차인 성주는 비상문을 온몸으로 박살내며 복도로 튕겨져 나갔다.

"제길."

바닥을 구르며 복도로 밀려 나간 성주는 주먹으로 바닥을 때렸다.

콰드득!

바닥이 무너지며 성주의 몸이 아래층으로 떨어졌다. 간신히 틈을 벌린 성주는 다시 내달렸다.

10층, 9층, 8층. 이리저리 얻어맞으면서도 성주는 계속해서 아래층으로 내려갔다. 그러는 사이 몸 여기저기에는 붉은 상처들이 훈장처럼 생겨났고 옷도 너덜너덜해졌다.

그녀의 공격은 찌르거나 베기, 혹은 할퀴는 형식이었다. 어찌어찌 막는다 해도 부상은 피할 수 없었다. 6층에 도착했을 때, 성주는 더 이상은 안 되겠는지 창문을 향해 몸을 던졌다.

'안에서 죽나 밖에서 죽나 마찬가지라고!'

챙그랑!

"와악!"

허공을 허우적거리며 밑으로 추락한다. 성주는 온몸을 잔뜩 웅크리고서 이를 앙다물었다. 성주는 갓길에 세워진 자동차 위로 떨어졌다.

"쿨럭!"

거리를 걷던 사람들은 마른하늘에 날벼락처럼 하늘에서 떨어진 성주를 보며 깜짝 놀랐다. 성주는 놀라서 입을 못 다무는 사람들에게 손을 흔들며 머쓱한 표정을 지었다.

"크으. 놀라지 마세요. 영화 촬영 중입니다. 놀라지 마세요. 이거 다 연출된 겁니다."

그 와중에도 여유를 부린다. 얼른 몸을 추스르고 도망치려는데 보이지 않는 손이 그의 뒷덜미를 붙잡았다.

"이런!"

강력한 힘이 성주의 몸을 다시 건물 안쪽으로 내던졌다. 힘껏 날아간 성주는 건물 정면의 유리문을 박살내고는 홀을 나뒹굴어야 했다.

자세를 추스르고 다시 빠르게 움직여 보았지만 소용없었다. 보이지 않는 여인에 의해 길은 완전하게 막혀 있었다.

'제기랄, 방법이 없잖아!'

성주는 미칠 것만 같았다. 그녀의 기척조차 느낄 수가 없다. 발소리, 숨결, 인기척, 아무것도 느껴지지가 않았다. 그야말로 허공에 주먹질만 하다가 끝날 싸움이었다.

"......"

홀에 있던 경비원이 급히 휴대폰을 꺼내고 있었다. 어디론가 통화를 거는 것이 경찰에 신고하는 것이 분명했다.

'일 났네, 이거.'

나이트 후드의 폭행 사건으로 인해 나이트 워커에 한해 경찰들의 총기 사용이 자유로워진 시점이었다. 자칫 시간을 끌었다간 농담이 아니라 총 맞고 끝장날 수도 있는 상황이었다.

다급해진 성주는 급히 머리를 굴렸다. 대체 어떻게 해야 저 보이지 않는 절망을 이겨낼 수 있을지를 말이다. 아직 패배하지 않은 건 싸움에 있어서는 둘이 비등비등한 수준이기 때문이다.

'어떻게든 모습만 볼 수 있으면 좋으련만.'

계속 생각했다. 어떻게 해야 저 투명한 장막을 걷어내고 본 모습을 끄집어낼 수 있을까를.

'저건?'

열심히 눈알을 굴리던 성주의 눈에 뭔가가 들어왔다.

'그래. 혹시 저거라면.'

타앗.

선영의 날카로운 공격이 찌르고 들어왔다. 맞는 건지 막는 건지 모를 정도로 공격에 얻어맞으며 성주는 홀의 구석으로 향했다.

"차앗!"

성주가 발견한 것은 빨간 소화기였다. 소화기의 분말이라면 선영의 투명해지는 기술을 파헤칠 수 있을 거라 생각한 것이다.

"이거나 먹어라!"

성주는 곧장 소화기의 안전핀을 빼고는 소화 분말을 허공에 뿌렸다. 스스로 그 분말을 덮어쓰기도 했다. 상대의 몸에 가루를 묻히지 못하더라도 상관없다. 자신이 가루를 잔뜩 덮어쓰면, 공격을 맞을 때 상대의 몸에도 가루가 묻을 테니까.

"큭."

성주는 기를 흩뿌려 소화 분말을 더욱 넓게 흐트러뜨렸다.

"쿨럭, 제법이군요."

선영은 쿨럭거리며 기침을 했다.

"사람은 자고로 머리를 써야지."

하얀 가루를 뒤집어 쓴 선영은 금세 모습을 드러냈다. 그리고 기분이 나쁜지 성주를 노려보았다. 손으로 옷과 머리칼을 털어 보지만 소용없었다. 이미 온몸에 진득하게 묻어서 옷을 갈아입고 샤워라도 하지 않는 이상 전부 털어낼 수 없었다. 성주는 여세를 몰아 반격을 시작했다.

"하앗!"

체술은 성주가 한 수 위였다. 지금까진 보이지 않는 이점으로 몰아쳤지만 이제는 상황이 다르다. 선영은 과격하게 달려드는 성주를 감당하지 못하고 이리저리 공격을 허용했다.

성주는 인정사정 봐주지 않았다. 아무리 여자라고 해도 결국 악인 밑에서 일하는 하수인에 불과하다. 자신의 앞을 가로막는 자라면 남자건 여자건 신경 쓰지 않았다. 그것이 성주의 신념이었다. 옳고 그른 일을 구별하는 것에 남자 여자 구분은 없었다.

"큭!"

성주의 주먹이 선영의 복부를 올려쳤다. 뒤이어 팔을 붙잡아 바닥에 매쳤다. 마지막으로 성주의 발차기가 선영을 멀찌감치 날려 보냈다.

"칫. 별것도 아닌 게."

성주는 옷에 묻은 가루를 털어내며 목을 풀었다.

"이제 끝났나."

바닥에 쓰러진 선영은 정신을 잃었는지 움직이지 않았다. 훼방꾼도 쓰러트렸겠다, 밖으로 나가려는데 누군가 건물 안으로 들어왔다.

건장한 체구에 목에 털이 달린 코트를 입은 남자였다. 왼뺨에 그어져 있는 커다란 상처와 목에 걸친 금목걸이까지, 어딘가 범상치 않은 분위기를 자아냈다.

"저 사람은……."

찰나였지만 안면이 있는 남자였다.

일명 또 다른 영웅이라 불리는 '임진광'이었다. 표면적으로는 나이트 후드를 대처할 영웅이라 세간에 알려져 있는 남자.

하지만 성주는 그것이 거짓임을 알고 있었다. 그 역시 선영과 마찬가지로 요환의 하수인이었으니까. 진광은 바닥에 쓰러져 있는 선영의 곁으로 다가가 그녀를 발로 툭툭 건드렸다.

"뭐야. 이 아가씨 기절했잖아? 그러게 남자들 싸움에 여자는 빠지라니까, 에휴."

성주는 한숨을 쉬었다. 이제 빠져나가나 싶었는데 또 싸움이라니. 하지만 자신 없는 건 아니었다. 앞을 가로막는 저 남자를 쓰러트리고 얼른 이곳을 빠져나가리라 다짐했다.

"하압!"

성주는 곧장 주먹을 장전하며 달려들었다. 진광은 그런 성주를 바라보며 히죽 웃었다.

*   *   *

동해는 한창 한강 다리를 건너고 있었다. 혹여나 누가 따라올까 꽁지가 빠지도록 달리는 중이다.

'성주는 잘 도망쳤겠지? 이젠 나만 잘하면 되는 거야. 나만 잘하면 돼.'

민선의 사무실은 다리 건너에 위치했다. 이 다리만 건너면 모든 계획이 완성되고 종료되는 것이다. 거의 다 끝났다는 생각에 동해는 희열과 긴장으로 가슴이 터져 버릴 것만 같았다.

그러기를 잠시, 한강 다리의 절반쯤 도착했을까? 기이한 현상이 눈에 들어왔다.

"저게 뭐지?"

도로의 자동차들이 굉음과 함께 허공으로 뛰어올랐다. 한두 대가 그렇다면 교통사고로 치부할 텐데 그게 아니었다.

어디서 폭탄이라도 터졌는지 십여 대가 넘는 자동차들이 이리저리 튀어 전쟁터를 방불케 했다.

그 비현실적인 광경에 동해는 달리기를 멈추었다. 자세히 보니 도로 한가운데에 웬 여자가 걸어오고 있었다. 그녀는 자동차의 진행 방향을 역으로 거스르며 걷고 있었다.

"저 여자는?"

동해는 기억을 더듬었다. 기억이 분명하다면 성주가 세뇌당했을 때 요환과 함께 등장한 여자였다. 노란 머리, 자신감 넘치다 못해 장난스러운 표정, 큰 가슴, 단추를 제대로 채우지 않은 여성용 정장. 그때 보았던 모습 그대로였다.

"여~ 안녕! 또 보네."

그녀는 반가운 친구라도 만난 것처럼 손을 흔들어 인사했다. 그런 가벼운 모습과 달리 그녀가 바로 지금 벌어지고 있는 대참사의 원흉이었다.

도로를 걸어오며 맞은편에서 다가오는 자동차들과 충돌했다. 하지만 그녀의 걸음걸이는 변함없었고 오히려 충돌한 자동차가 튕겨 나가는 어이없는 모습을 연출하고 있었다. 마치 자동차가 무슨 종이 비행기라도 되는 것처럼 가볍게 나가떨어진다.

버스가 그녀를 향해 빠른 속도로 다가오고 있었다. 운전자가 딴생각에 빠져 있었던 건지 버스는 전혀 속도를 줄이지 않았고 결국 여인과 충돌했다.

콰지직!

놀랍게도 여인은 아무 일 없다는 듯이 계속 걸어왔고 오히려 그녀와 부딪힌 버스가 찢어지며 두 동강이 났다. 버스를 양단내고 나서야 여인은 걸음을 멈추었다. 여인은 찬찬히 주변을 둘러보았다.

"웁스, 여기 왜 이래? 전쟁 났나?"

"……."

동해는 여인의 괴물 같은 능력에 할 말을 잃은 상황이었다. 그저 멍한 표정으로 그녀를 바라보기만 했다. 한 여인의 등장으로 다리 위 교통이 완전히 마비되었다. 충돌은 연쇄적으로 번졌고 그 연쇄가 총 몇 번인지 셀 수조차 없을 지경이었다.

"안녕? 내 이름은 다인이라고 해. 네가 나이트 후드지?"

"……."

"대답 안 해도 돼. 이미 알고 찾아온 거니까. 내가 설마 너 같은 애송이의 기운도 못 알아차리겠니?"

동해는 정체를 들켰음에도 무의식적으로 후드와 마스크를 썼다.

"하는 짓이 귀엽네."

"비켜."

"못 비키겠다면? 난 애초부터 널 잡으러 온 거야. 딱 보면 모르겠니? 그런데 비키라니. 얘는 너무 센스 없다."

"대체 왜 이러는 거야. 당신들이 지금 무슨 짓을 하는지 몰라서 그래? 그건…… 나쁜 짓이라고. 그 인간들 때문에 죄 없는 여자애가 죽을 위기에 처했어. 그 사람들은 자신들의 죄를, 진실을 덮으려고 해. 그런데 왜 그런 사람들에게 협력하는 거야? 돈 때문에? 권력? 명예?"

다인은 뺨을 긁적이며 잠시 고민했다.

"협력하면 그 남자가 더 많은 기를 전수해 준다고 했거든. 그래서 좀 도와주기로 했어. 덕분에 이런 재미난 이벤트도 겪고, 아주 마음에 들어."

"기?"

"그래. 너도 능력자니까 알 거 아니야. 기를 다룰 수 있다는 건 정말 멋진 일이야. 전지전능해지고, 불가능이 없어지지. 마음먹은 일은 무엇이든 가능하고 뭐든지 손에 넣을 수 있어. 그저 꿈만 꾸던 모든 것들이 현실이 된다고. 멋지지 않아? 지금 주변을 둘러봐. 보통 인간이 이런 행동을 할 수 있겠어? 기 능력자만이 할 수 있는 일이야. 그래서 난 더 많은 걸 원해. 더 크고, 더 강하고, 더 많은 걸 원한다고."

그녀는 동해가 이해할 수 없는 이유를 말하고 있었다. 동해가 이해를 하든지 말든지 신경 쓰지 않는 그녀가 계속 말하고 있었다.

"현재의 내 능력으로는 단지 몸이 강해지는 것밖에 할 수가 없거든. 요환을 봐. 그는 경이로워. 뭐든지 가능해. 다른 사람의 기억과 추억을 조작해. 모습을 감추고 없는 걸 만들어내고, 있는 걸 없어지게 할 수 있어. 그야말로 전지전능한 신이야! 그와 같은 위치에 설 수는 없더라도 비등한 능력을 가지고 싶어. 히히."

"……"

나이트 후드는 고개를 절레절레 저었다. 이건 아니라는 생각이 들었다. 대체 이 여자의 머릿속은 어떻게 생겨먹은 걸까.

힘 있는 사람 몇 명이 그들보다 약한 여러 사람을 짓누르며 그들의 삶과 권리를 빼앗고 있다. 그 일이 자신과 아무런 관계없다 하더라도 이런 상황에 아무런 감정조차 느끼지 못한다니.

분노는 권리이지 의무가 아니다. 다만 사회라는 건 결국 여러 사람이 함께 살아가는 것이다. 내 주변 일에 분노할 줄 모른다면 자신이 똑같은 일에 처했을 때, 다른 사람들은 내 일에 분노해 주지도 않을 것이다. 무관심, 무감정이 지닌 병폐란 바로 그런 것이다.

"이해할 수 없어……. 당신도 사람이잖아. 그들도 사람이잖아."

나이트 후드는 왠지 서글픈 감정이 되어 작게 중얼거렸다.

"누군가의 욕심에 의해 죄 없는 사람이 피해를 받았어. 어떻게 그걸 두 눈 뜨고 가만히 지켜볼 수 있는 거야. 아무리 내 일이 아니라지만, 그건 아니잖아. 잘못된 거잖아. 누군가는 나서야 하는 일이잖아."

나이트 후드의 울분이 담긴 말에 다인은 시큰둥한 반응을 보였다.

"내 알 바 아니라니까? 내가 남의 입장을 신경 썼다면 지금 이런 상황을 만들었겠어?"

그랬다.

그녀는 처음부터 타인에 대한 관심이 없었다. 그녀의 목적은 나이트 후드를 가로막는 것뿐이다. 도로를 난장판으로 만들고 교통을 마비시키는 건 계획 외의 일이었다. 그녀는 이미 등장부터 자신이 어떤 사람인지 여실히 보여 준 것이다.

"난 오히려 네가 더 이상해 보여. 높은 분들이야 뭐 기득권이라든지 돈 같은 뻔히 눈에 보이는 것들을 쫓아다니잖아? 그게 정상 아닌가? 네가 이런다고 어떤 이득이 생기는 거지? 그냥 정신적인 우월감 같은 건가? 나는 깨어 있는 사람이다, 나는 우민들 틈에 섞인 위인이다, 뭐 이런 거? 킬킬. 만화가 애들을 너무 버려 놨다."

"그 사람들의 욕심 때문에 내 친구가…… 열여덟 살짜리 여자애가 자살을 시도했어. 지금 혼수상태에 빠져서 생사의 기로에 있어. 그리고 그 사람들. 이미 한 번 죽은 애를 또 죽이려 하고 있어. 그 애가 깨어나면 자기네들 발목이 붙잡히니까 죽이려고 한다고. 부탁할게. 당신이 사람이라면, 정말 인간이라면 제발 비켜 줘."

"그렇게는 못 하겠는데? 그게 네 친구지 내 친구는 아니잖아? 감정에 호소하지 말고 네가 알아서 해. 능력이 된다면 말이야. 꼭 능력 없는 것들이 감정에 호소하더라."

"크흐."

나이트 후드는 어금니를 꽉 깨물었다. 개인적으로 여자를 상대로 싸우고 싶지는 않았다. 이길 수 있고 없고의 문제가 아니라 본능적으로 거부감이 들었기 때문이다. 하지만 방금 대화를 통해 깨달았다.

눈앞에 있는 건 여자도 아니고 사람도 아니다. 인간의 탈을 쓴 악마다. 쳐부숴야 할 벽이었다.

"비키라고!"

분노에 찬 나이트 후드가 번개처럼 날아올랐다. 그리곤 온몸에 힘을 실어 여인의 얼굴을 향해 주먹을 날렸다.

퍼억!

제대로 꽂혔다. 동해는 주먹 끝에 느껴지는 감각을 통해 공격이 적중했음을 느꼈다. 이 정도면 최소 이가 몇 개는 나가고 코가 뭉개졌을 것이다.

나이트 후드는 여태껏 단 한 번도 진심으로 공격을 해 본 적이 없었다. 지금까지 나이트 후드의 싸움은 상대를 멈추려 한 것이지 이기려고 한 것들이 아니었다. 하지만 이번만큼은 달랐다. 상대가 반병신이 되는 한이 있더라도 진심을 다해 싸우리라 다짐했다.

"뭐야."

나이트 후드의 주먹에 맞은 다인이 코웃음 쳤다. 동해가 전력을 다해 날린 주먹이었지만 그녀는 뒤로 밀려나지도, 심지어 고개를 틀지도 않았다. 그녀는 그 자리, 그 자세 그대로였다.

"인터넷 동영상 보고 제법 하나 했는데 진짜 약골이네."

당황한 나이트 후드는 이번엔 돌려차기를 날렸다. 발은 다인의 가슴에 명중했지만 이번에도 마찬가지였다. 오히려 뒤로 밀려난 건 나이트 후드였다.

'뭐야 이거.'

강철장벽 같았다. 아무리 강하게 때리고 밀쳐 봐도 다인은 뿌리 깊은 나무처럼 미동조차 하지 않았다. 다인은 비웃으며 나이트 후드의 다리를 붙잡았다. 그리고는 귀찮은 것을 내팽개쳐 치듯 바닥에 후려쳤다.

"컥!"

바닥이 움푹 파이며 아스팔트에 균열이 심하게 퍼졌다.

"정말 약하네, 약해."

이미 승부는 판가름 났다. 단 일격에 나이트 후드가 패배했다. 상대가 되지 않는 싸움이었다. 그녀가 지닌 힘 앞에 나이트 후드는 너무 작았고 초라했다.

"다리 위에서 싸우는 건 내키지 않으니 얼른 끝내는 게 좋겠지?"

다인은 그리 말하며 운전자가 빠져나간 자동차를 들어 올렸다. 양손으로 붙잡고는 박스 옮기듯이 단숨에 들어 올렸다.

"이거 받고 푹 쉬어."

나이트 후드는 옆으로 몸을 굴렸고 바로 그 직후 자동차가 그 자리에 내리 찍혔다. 조금 전보다 더욱 강한 힘이었다.

그녀는 인정사정 봐주지 않았다. 정말로 상대를 죽일 작정이었다. 지금까지 싸웠던 철광이나 서림, 바이크 폭주족들이랑은 비교도 할 수 없을 만큼 강하고 잔인했다.

나이트 후드는 정면승부로는 안 될 것 같다고 생각했다. 지금 상황으로써는 틈을 노려 도망치는 게 가장 현명한 선택이었다.

이번 작전의 목표는 어디까지나 증거를 확보하는 거지 싸워서 이긴다는 게 아니었으니까. 물론 그것마저 쉬워 보이지는 않는다.

"어쭈? 피했어? 그럼 이것도 피해 보시지!"

다인은 신이 난 듯 발을 들어 올렸다. 그대로 찍어 누르려는 걸 나이트 후드는 간신히 뒤로 굴러 피했다.

"그래! 어디 계속 피해 봐!"

자꾸 피하니 심통이 난 건지 다인은 무차별적으로 발을 굴렀다.

쾅쾅!

그녀가 다리를 발로 찍을 때마다 지면이 흔들렸다.

현재 그들이 있는 위치는 땅이 아닌 강 위. 그녀의 힘에 다리를 지탱하고 있는 굵은 와이어 줄이 출렁거렸다. 도로 위에 멈춰 있는 자동차들이 들썩거릴 정도였다.

　두 능력자의 전쟁 같은 싸움에 운전자들은 비명을 지르며 차를 버리고 도망쳤다. 평소 같았으면 가까이서 구경하며 휴대폰으로 사진이나 동영상을 촬영했겠지만, 지금 싸움은 차마 그럴 수가 없었다.

　다인은 파괴의 화신 같았다. 발로 아스팔트를 짓뭉개며 길을 가로막는 자동차는 옆으로 던지고 걷어찼다. 자동차 몇 대는 난간을 뚫고 한강으로 추락하기도 했다. 이런 지경인데 팔자 좋게 구경하는 사람은 없었다.

　"거 되게 잘 도망치네. 어디 한번 반격해 봐! 처음 했던 것처럼 주먹이랑 발길질을 해 보란 말이야!"

　쾅!

　발길질 한 번에 대포알이 떨어지는 것과 맞먹는 충격이 전해졌다. 어찌나 이리저리 밟아댔는지 아스팔트가 너덜너덜해져서 안에 있는 철 구조물이 뼈처럼 드러날 정도였다.

　끼이익! 콰드득!

　너무 과격했던 걸까. 결국 서로 의지하며 균형을 이루던 철근들이 튕겨져 나가며 다리의 일부분이 밑으로 무너졌다.

　"윽?"

　"어어."

그 여파로 나이트 후드와 다인이 밑으로 쑥 빠졌다. 다행히도 다리 밑을 받치고 있는 거미줄처럼 얽힌 철골들이 있어서 강으로 빠지는 참사는 피할 수 있었다. 나이트 후드와 다인은 철골에 매달려 서로 바라보았다.

'어?'

의도한 건 아니었지만 과거에도 이 정도 높이에서 몇 번 뛰어내린 경험이 있는 나이트 후드였다. 본의 아니게 경험을 축적한 그는 그다지 긴장하지 않았다. 까마득한 높이보다는 다인의 괴력이 워낙 인상 깊었던 탓도 있지만.

반면 철골에 매달린 다인의 반응은 영 달랐다. 조금 전까지만 해도 세상을 모두 부셔 버릴 것처럼 쟁쟁하던 투지가 전혀 보이지 않았다. 오히려 식은땀을 흘리며 바들바들 떨기까지 한다.

'왜 저러는 거지?'

뭔가에 대폭 겁을 먹은 것만 같은 모습이었다. 동해는 다인이 했던 말을 떠올려보았다.

> "다리 위에서 싸우는 건 내키지 않으니 얼른 끝내는
> 게 좋겠지?"

그녀는 자신의 어깨 너머로 힐끔힐끔 강물을 바라보고 있었다. 그마저 똑바로 쳐다보지도 못하고 금세 눈을 돌리기 일

쑤였다.

그녀는 물을 무서워하고 있었다. 혹은 고소공포증이 있는지도 모른다. 상대하기 힘든 강자의 약점을 발견한 나이트 후드는 안도했다.

"물을 무서워하는군."

"어…… 아?"

"그럼 여기서 반성하고 있어. 난 이만 갈 테니까."

"자, 자, 잠깐만!"

다인은 완전히 패닉에 빠져서 주절대듯 지껄였다.

"가, 가지 마."

"내가 왜 그래야 하지?"

"도와줘! 날 두고 가지 마! 제발, 물은 싫단 말이야!"

"당신 능력 뛰어나잖아. 보아하니 나보다 더 대단한 것 같던데, 고작 이 높이에서 떨어진다고 해서 죽거나 하지는 않겠지."

"사람마다 운용 방식이 다, 다, 다른 거야! 난 헤엄칠 줄 몰라! 그건 기 같은 걸로 어떻게 할 수 없는 거라고! 그러니까 제발!"

나이트 후드는 잠시 고민했다. 아스팔트가 무너진 건 그야말로 하늘이 도운 상황이었다.

전면전으로는 상대할 수 없는 적을 때어날 절호의 찬스였으나 괜한 갈등이 들었다.

"……"

나이트 후드는 결국 다인에게 손을 뻗었다.

"도와주는 거야?"

"얼른 잡아."

다인은 왕자에게 안기는 공주처럼 나이트 후드의 품에 안겼다. 그녀를 안은 나이트 후드는 뚫린 구멍을 통해 다시 다리 위로 올라왔다.

다인은 다리가 풀렸는지 나이트 후드에서 품에 나오기 무섭게 자리에 주저앉았다. 정말로 물을 무서워하긴 무서워하나 보다.

다인은 방금 자신이 보인 추태가 부끄러운지 고개를 들지 못했다. 나이트 후드 역시 딱히 할 말이 없어서 그저 침묵했다. 한동안 머쓱한 침묵이 오가고, 먼저 입을 뗀 건 다인이었다.

"구, 구해 줘서 고마워."

"당신에겐 별로 그런 말 듣고 싶지 않아."

그녀는 잠시 고민하더니 고개를 돌린 채 말했다.

"좋아. 내 목숨을 구해 줬으니 더 이상 네 뒤를 쫓지 않겠어. 나도 자존심 있는 여자라고. 고작 어린애에게 구해진 건 창피하지만, 그래도 도움은 도움이니까."

"어린애 아니거든?"

"어린애 맞거든?"

다인은 창피한지 두 손을 휘저었다.

"아, 몰라! 흥이 식었어. 난 이만 돌아갈 거야. 어디 한번 열심히 해 봐. 잘하면 나중에 박수라도 쳐 줄게. 네가 뭔가 해낼 거라는 기대는 눈곱만큼도 안 하지만."

다인은 그리 말하고 반대편으로 훌쩍 사라졌다. 갑자기 훈훈한 분위기에 적응하지 못했지만 나이트 후드는 어찌 됐든 잘된 일이라고 판단했다.

이걸로 추적자는 해결했다. 이제 민선이 기다리고 있을 사무실로 가기만 하면 된다.

현재 한강 다리 위의 상황은 전쟁이 끝난 직후의 폐허를 방불케 했다. 조금 있으면 119구조팀과 경찰들이 금방 출동할 것이다. 미적댈 시간이 없었다.

다리 끝에 거의 다다랐을 때였다.

전부 끝냈다고 생각했으나 하나가 아니라 둘이었다. 한 명의 추적자를 보내니 또 다른 추적자가 등장한 것이다. 사람들의 이목을 피하기 위해 마스크와 후드를 벗었던 동해는 다시 그것들을 뒤집어 써야 했다.

'임진광!'

진광의 등장이었다. 나이트 후드는 대놓고 거부감을 피력했다. 가뜩이나 지쳐있는 상황에 훼방꾼이 등장한 것도 그렇고, 진광이라는 존재 자체가 거북했다. 거짓 연기로 영웅의 자

리를 꾀어 찬 가짜 영웅! 진광은 두 팔 벌려 나이트 후드를
맞이했다.

"또 보는군! 이야, 이거 인연인가?"

동해는 혀를 차며 전투 자세를 취했다.

Battle 05

이길 수 없는
싸움

치익, 칙.

민선의 손가락이 의미 없이 라이터의 부싯돌을 돌려댄다. 그가 할 수 있는 일은 지금 당장 아무것도 없었다. 그저 기다리는 일밖에 없었다.

저마다 역할이 있는 것이지만 아무래도 민선은 초조할 수밖에 없었다.

밖에서는 아직 성인도 안 된 애들이 부조리한 세상에 맞서 싸우고 있다. 그런데 본인은 이게 뭐란 말인가. 물론 그들은 능력자이고, 자신은 평범한 인간이지만, 성인으로서 괜히 자존심이 긁히는 기분이 들었다.

"잘돼야 할 텐데."

담배를 피기도 뭐하고, 안 피자니 피고 싶고. 여러모로 머리가 복잡했다.

"에이 씨, 어차피 끝물인데 까짓 거 뭐 어때."

참다못한 민선은 결국 담배 끝에 불을 붙였다. 그런데 그때, 어디선가 불쑥 손이 튀어나와 민선의 담배를 빼앗았다.

"누구?"

상대는 구불구불한 긴 머리로 눈을 가린 청년이었다. 요환의 등장이다. 요환은 뺏은 담배를 자기 것처럼 능청스레 물어 불을 붙였다.

"당신 뭐야? 여기 어떻게 들어왔어!"

"문이 열려 있더군요."

민선은 본능적으로 위험을 느끼고 경계했다. 요환은 그런 민선을 쳐다보지도 않았다. 마치 딴청을 피우듯 주변을 두리번거리며 입을 열었다.

"당신이군요. 그들에게 협력하고 있는 사람이."

"그, 그들이라니. 무슨 말이지?"

민선은 일단 시치미를 뗐다.

"모르는 척하셔도 소용없습니다. 이미 다 알고서 찾아온 거니까요. 당신은 검은 꼬리, 혹은 나이트 후드를 기다리고 있는 것 맞지요?"

"……"

"그들이 확보한 증거를 이곳에서 인터넷에 유포할 생각이 잖아요. 그렇죠?"

민선은 잠시 생각에 잠겼다. 여기서 더 둘러대 봐야 소용없다는 사실을 직감적으로 깨달았다. 이 남자가 권력자들과 한패라는 사실은 굳이 묻지 않아도 알 수 있었다.

하지만 단순히 작전을 훼방 놓기 위해 등장한 거라면 이렇게 여유를 부릴 리 없었다. 그런 목적이라면 등장하는 순간 자신을 제압했을 것이다.

"무슨 목적이지? 원하는 게 뭐야."

"제가 원하는 거라. 글쎄요? 반대로 묻고 싶군요. 민선 씨가 원하는 건 뭐죠?"

"어떻게 내 이름을……."

"저는 모르는 게 없습니다. 모든 것을 알고 있죠. 하지만 당신이 구체적으로 무엇을 원하기에 이런 일을 꾸민 건지는 조금 의아하군요."

"내가 뭘 원해서 이런 일을 한다고 생각해? 천만에, 틀렸어. 원하는 것이 없기 때문에 이 일을 하는 거야. 날 매수할 생각이라면 집어치우는 게 좋을 거야. 난 볼 장 다 본 놈이거든. 돈, 권력, 그런 거 다 필요 없어."

"입장에 따라서 이게 매수로 보일 수도 있겠군요. 하지만 당신이 생각하는 그런 건 아닙니다. 제 딴에는 선의거든요."

"선의?"

요환은 민선의 컴퓨터 책상 의자를 빼고 앉았다. 그리고 여유롭게 다리를 꼬았다.

"저는 알고 있습니다. 당신이 그리 오래 살지 못할 거라는 사실을. 그리고 그 때문에 당신이 재물 욕심이 전혀 없다는 걸 말이죠. 참 신기하죠? 사람들은 모두 멋진 자동차와 내 집, 그리고 사랑스러운 반려자를 찾아서 평생을 소모해요. 하지만 죽음이 코앞에 닥치고, 그 사실을 알게 되면 곧장 돌변하죠. 죽음이라는 건 참 신기해요. 사람을 뼛속부터 다른 사람으로 만들어 버리거든요. 허나 그건 인생의 무게를 내려놓는다거나, 어떤 깨달음, 무의미함을 느낀 게 아니에요. 말하자면, 당신은 그저 두려운 거 아닌가요?"

"두렵다고? 내가?"

"그렇지 않나요? 문득 정신을 차리고 보니, 세상을 살고 있는 자신을 발견하죠. 모든 사람들이 다 그래요. 태어난 이유를 알지 못했고 태어났으니까 그냥 살죠. 그건 마치 어쩌다가 주운 강아지를 키우고 있는 것과 흡사한 거예요. 사람은 그 누구도 자신의 탄생을 예측할 수도, 기억할 수도 없죠. 쉽게 말해 딱히 원한 것도 아닌데 덜컥 세상에 태어나 버린 거예요."

심도 있게 파고드는 이야기에 민선은 인상을 찌푸렸다.

"그래서 대체 뭘 말하고 싶은 거지?"

"제 말은, 그렇기 때문에 인간은 죽음을 두려워하고 또 억울해한다는 겁니다. 지금 당신이 그렇죠."

"웃기지 마. 난 죽음 따윈 두렵지 않아. 단지 죽기 전에 세상에, 사람들에게 도움이 되는 증거를 남기고 싶을 뿐이야."

"그럼 묻겠습니다. 당신은 이대로 죽을 겁니까? 만약 살 수 있다면 어떻게 하시겠어요?"

"뭐, 뭐라고?"

민선은 표정 관리를 하였으나 마음먹은 대로 되지 않았다. 표정이 심각하게 굳었고 손에 들고 있던 라이터도 떨어트렸다.

그가 동요한다는 사실을 깨달은 요환은 더욱 흥겹게 노래를 부르듯 이야기했다.

"사실 젊은 인간은 죽음보다는 삶을 더 두려워합니다. 자신이 사회에 나가 뭔가를 하며 자신을 챙긴다는 게 얼마나 버겁고 힘든 건지 알기 때문이죠. 가끔 그런 이야기 하는 친구들 있잖아요? 아무런 고통 없이 잠자듯이 죽을 수만 있다면 난 죽을 것이라고…… 하지만 그런 인간이 정말로 삶과 죽음의 경계를 보게 되면 생각이 바뀌어요. 뒤늦게 얼마나 삶이 소중한 건지 깨닫게 되죠. 맞아요. 바로 당신, 박민선 씨처럼요."

요환의 말에 민선의 눈동자가 점점 떨려 왔다.

"거짓말. 의사는 내게 돌이킬 수 없다고 했어. 요양하며 약물치료를 병행하면 시간을 늘릴 수는 있지만 완쾌될 수는 없다고 했어!"

"저는 의사가 아닙니다. 그리고 의사 역시 제가 아니죠."

"그건 무슨 말이지?"

"이런 거죠."

요환은 순간 의자에서 일어나 민선의 가슴에 손을 찔러 넣었다.

"컥!"

손목까지 집어넣은 요환은 손을 이리저리 움직이다가 냉큼 다시 손을 뺐다.

촤악!

끈적끈적하고 불쾌한 검은 덩어리가 민선의 가슴에서 빠져나왔다.

"끄윽!"

요환의 손에 들린 것은 폐였다. 검게 썩어 버린 한쪽 폐. 놀라운 건, 분명 체액과 검은 액을 뚝뚝 떨어트리는 폐가 떨어져 나왔음에도 민선의 가슴에는 전혀 상처가 없다는 것이다. 분명 손으로 찌르는 느낌까지 선명했는데도!

"이게 뭐야…… 어떻게……."

"자, 당신의 썩은 폐를 한쪽 끄집어냈습니다. 물론 나머지 한쪽은 그대로 남아 있죠. 믿고 안 믿고, 선택하고 안 하고는 민선 씨 당신의 판단입니다. 그리고 저는 당신의 판단을 존중하겠습니다."

민선은 새파랗게 질려서는 입술을 바들바들 떨었다. 믿을 수가 없었다. 믿을 수 없었던 민선은 요환에게서 썩은 폐를 빼앗아 만져 보았다.

하지만 손에 닿기 무섭게 기분 나쁘다는 듯 도로 바닥에 내팽겨 쳤다.

"으윽!"

"어떻게 하시겠습니까?"

"이건 가짜야. 당신은 지금 누, 눈속임을 하고 있는 거야. 말도 안 돼. 거짓말이야."

"저는 강요하지 않습니다. 선택은 당신이 하는 거죠."

"으으."

민선은 패닉 상태가 되어서는 머리를 쥐어뜯었다. 죽음 앞에서 재물이란 아무런 의미도 없는 짐 덩어리에 불과하다.

돈도 금은보화도 모두 저 세상까지 가지고 갈 수 없기 때문이다. 그렇기 때문에 모든 사람은 죽음 앞에서 모든 미련을 거두게 된다.

민선이 바로 그런 경우였다. 어차피 얼마 안 가 죽을 인생, 가슴이 시키는 일을 하고자 했다. 대충 시키는 대로 일을 하고 월급이나 받아먹고 사는 삶은 아무런 의미가 없었으니까. 그래서 이 일을 시작했다. 죽기 전에 마지막으로 사회의 눈과 귀가 되는 진짜 기자가 되고 싶었다.

하지만 중요한 건 민선이 아직 죽지 않았다는 점이다. 뭔가를 가지는 것에는 여전히 관심이 없지만 해 보고 싶은 것도 가 보고 싶은 곳도 많았다

막말로 당장 내일 죽을지, 아니면 몇 개월 뒤, 그것도 아니

라면 1년이 걸릴지 누구도 모르기 때문이다. 그리고 아주 조금이나마 헛된 희망이 없는 것도 아니었다.

엄청난 돈이 있고 매우 유능한 의사가 있다면 혹시라도 병을 치료할 수 있지 않을까 하는 희망. 민선은 떨리는 눈동자로 요환을 바라보았다. 요환은 어깨를 으쓱이며 희미하게 웃었다.

*   *   *

"흐음."

진광은 잠시 다리 주변을 둘러보았다.

"꼴을 보아하니 벌써 한바탕 싸움이 난 것 같군. 그럼에도 이쪽으로 걸어 나오는 걸 보니 넌 그 싸움에서 이긴 거고. 그렇지?"

"비켜. 당신도 날 막을 순 없어."

"하여간. 이래서 여자들은 안 된다니까. 고작 어린애 하나 못 막고 이게 뭐하는 짓이야? 나 참."

"그 어린애한테 추한 꼴 보이기 싫다면 비키는 게 좋을 거야."

나이트 후드는 한껏 협박을 해 보았지만 진광은 들은 척도 하지 않았다. 오히려 귀를 후비며 여유를 부렸다.

"그래. 어린애라면 자고로 배짱이 있어야지. 요즘 어린애들

은 인터넷으로 쓸데없는 걸 많이 봐서 그런지 너무 애늙은이
같더라고. 클클. 덤벼 봐라."

진광은 두 팔을 활짝 펼치며 나이트 후드를 맞이했다. 상
대가 대놓고 방심한다면 선택은 선공뿐! 나이트 후드는 지면
을 박차고서 달려들었다.

"와라!"

진광은 비열하게 웃으며 손날을 칼처럼 날카롭게 세웠다.
그것으로 배를 꿰뚫어 버릴 심산이었다. 어차피 현재 진광은
영웅, 나이트 후드는 악당이었다. 일반적인 악당이 아니라 초
능력을 사용하는 악당. 싸우다가 죽거나 심각하게 다쳐도 적
당히 무마할 수 있으리란 게 그의 생각이었다.

'그래, 얼른 와라.'

나이트 후드는 힘차게 도약한 다음…… 진광을 피해 지나
갔다.

"도망치는 거냐! 처음의 그 패기는 어디로 갔어?"

"미안! 나도 나이를 먹었나 봐! 배짱이 다 사라져 버렸네!
바빠서 이만!"

농담으로 너스레를 떨었지만 나이트 후드는 심각했다. 상
황이 급박했고 자신이 그에게 상대가 되지 않는다는 걸 본능
적으로 느꼈다. 이길 수 있을지 없을지도 모르는 싸움으로 시
간을 허비하느니 따돌리는 게 낫다는 판단을 내렸다.

"쳇, 김빠지네."

진광은 크게 서두르지 않았다. 나이트 후드가 달아난 방향으로 천천히 뒤쫓았다. 그가 다리 밖으로 도망쳤지만 그렇다고 해서 못 쫓을 건 없었다.

진광은 오히려 싸움터가 다리 위에서 도시로 바뀌는 걸 환영했다. 그래야 자신의 싸움을 보다 많은 사람들이 구경할 수 있을 테니까.

다리를 벗어나 열심히 도망치던 동해는 휴대폰을 꺼냈다. 휴대폰은 처음부터 들고 있었다. 그럼에도 성주에게 연락해 안위를 묻지 않은 건 혹시나 벨소리가 어떤 피해를 줄지 모른다고 생각했기 때문이다.

하지만 민선은 다르다. 이번 작전의 핵심은 결국 카메라이다. 이것만 넘기면 나이트 후드가 진광에게 붙잡히건 경찰들에게 붙잡히건 상관없었다. 당장 민선에게 연락을 넣었다.

'왜 안 받지?'

신호음이 한참이나 이어졌지만 민선은 전화를 받지 않았다. 소리샘으로 연결한다는 멘트가 나오자 나이트 후드는 휴대폰을 도로 집어넣었다.

"미치겠네. 왜 안 받는 거야?"

사정을 모르는지라 입술이 바짝바짝 말라 왔다. 혹시 무슨 일이 생긴 건지, 아니면 배신을 한 건지, 그것도 아니라면 황당하지만 낮잠이라도 자고 있는 건지. 답답해서 가슴이 터질 것만 같았다.

퍼억!

열심히 도망치던 나이트 후드의 등에 강력한 충격이 일었다.

"컥!"

불시의 기습을 받은 나이트 후드는 바퀴라도 된 것처럼 바닥을 데굴데굴 굴렀다. 그대로 도로를 지나 상가 건물 안에 처박혔다.

사람들은 거리를 질주하는 나이트 후드에 한 번 놀라고 진광의 등장에 두 번 놀랐다. 그리고 나이트 후드가 나동그라지는 모습에 세 번 놀랐다.

"도망치는 것 하나는 기가 막히는군."

"크흑."

나이트 후드는 몸을 털며 건물 밖으로 걸어 나왔다. 이미 한 번 타격당한 이상 더 이상 도망칠 수 없었다. 목적은 민선에게 카메라를 건네거나 접촉하는 거지만, 꼬리가 붙은 상황에서 그럴 수 없으니까.

나이트 후드는 주머니 속에 있는 카메라가 안전한지를 확인하고는 자세를 취했다. 피할 수 없다. 피할 수 없다면 맞서 싸워야 한다.

"하앗!"

나이트 후드는 이리저리 재지 않았다. 생각은 필요 없었다. 오로지 공격과 돌격만이 있을 뿐. 당장 달려들어 주먹을 날렸다. 진광은 간단하게 공격을 막았고 나이트 후드의 배에 카운터를 날렸다.

"껙!"

그대로 몰아칠 수도 있겠지만 진광은 연속으로 공격하지 않았다. 오히려 거리를 두고 시간을 쟀다.

"크윽, 당할 것 같으냐!"

진광과 나이트 후드의 자세는 판이하게 달랐다. 나이트 후드의 자세는 어딘가 부자연스러웠고 어설펐다. 반면 진광은 복싱이라도 배웠는지 자세를 낮았고 가드가 탄탄했다.

실제로 나이트 후드가 주먹을 지르건 발차기를 하건 공격하는 족족 막았고 곧장 카운터를 꽂아 넣었다. 한 번 막으면 다시 반격을 한 번 넣는 식이었다. 그런 식으로 나이트 후드의 전의를 조금씩 갉아먹었다.

"크흑! 큭!"

연이어 배를 얻어맞은 나이트 후드는 잠시 마스크를 벗고서 구역질을 했다. 한껏 침과 위액을 토해낸 다음 다시 마스크를 썼다. 주변에 보는 눈이 너무 많았다. 어디서 누가 카메라로, 휴대폰으로 지금 상황을 동영상으로 촬영하고 있을지 모른다.

"젠장!"

분노와 동시에 무력감이 치밀어 올랐다. 몇 번의 공격을 통해 이길 수 없다는 걸 체감했다. 도저히 넘어설 수 없는 벽이었다. 어려운 문제, 해결하기 힘든 문제에 봉착했다는 게 아니라 감당할 수 없는 힘의 차이였다.

늘 그랬다. 힘이 센 인간은 약한 인간을 괴롭힌다. 그리고 보통 그 힘 센 녀석이 좋은 인간일 경우는 매우 드물다. 지금의 상황도 마찬가지였다. 다른 점이라면 이곳은 학교가 아니라는 것뿐. 나이트 후드는, 동해는 이해할 수 없었다.

왜 나쁜 놈들이 더 센 걸까?

자신이 그릇된 선택을 한 걸까? 자기가 잘못된 걸까? 정의롭고 싶고, 그릇된 걸 바로 잡고 싶다는 마음이 잘못된 걸까? 왜 옳은 사람이 약하고 힘이 없는 걸까?

누구 말대로, 정의라는 건 유치한 거고 힘없는 약골들이 부르짖는 환상이기 때문인 걸까? 대체 왜일까? 정말로 세상은 자기 욕심 챙기고 교활하게 살아야 강해질 수 있는 걸까?

"오호라. 이것 봐라?"

진광은 나이트 후드를 보며 흥미롭다는 듯 웃었다. 비틀거리며 간신히 서 있는 나이트 후드 몸 위로 검은 안개가 스멀스멀 올라오고 있었기 때문이다.

"단단히 화가 났나 보군. 그럼 어디 한번 보여 줘 봐. 무슨 짓을 해서라도 날 이기겠다는 그런 마음을 행동으로 보여 주라고."

나이트 후드도 이상한 기분이 드는 것을 느끼고 있었다. 이질적이고 불쾌지만 어째선지 힘이 붙고 활력이 도는 듯한 기분. 몸 안에 새로운 기가 불어넣어지고 있는 것만 같았다.

'검은 기운인가?'

전에도 이런 적이 있었다. 만수의 악행에 분노했을 때도, 그리고 서림과 싸웠을 때도 몸에서 검은 기운이 뿜어져 나왔었다.

그리고 민철은 검은 기운에 대해서 이렇게 말했다. 똑같이 신체를 강하게 하지만 몸에 치명적인 영향을 끼친다는 검은 기운.

나이트 후드가 자신이 뿜어내는 검은 기운에 대해 생각하고 있을 때 진광이 말했다.

"강해지고 싶어? 이기고 싶어? 그렇다면 좀 더 독해지는 게 좋을 거야. 정말로 상대방을 죽이겠다는 일념으로 임하란 말이다. 넌 너무 맹탕에 순둥이라서 그럴 수 있을까 의문이 들지만 말이야."

"도대체 왜 이러는 거야. 조금 전에 그 노란 머리 여자도 그렇고, 왜 그렇게 다들 요환 편을 드는 거지? 그는 나쁜 사람이야. 세상에 악영향을 끼칠 거라고."

"이유를 묻는 건가? 글쎄다. 큰 이유는 없는데. 그는 내가 즐겁게 놀만한 필드를 만들어 주고 있거든. 솔직히 나도 처음에는 긴가민가했는데, 이렇게 보고 있자니 따르길 잘했다는 생각이 들어. 그전까지는 그냥 길거리 양아치나 불량배와 다를 바 없었는데, 지금을 보라고. 하하. 난 그전과 똑같은 짓을 하고 있는데 돈도 벌고 인기도 얻었어. 쭉쭉빵빵한 여자들과 매일같이 즐기고 있다고. 그 여자들이 침대에서 뭐라고 하는지 알아? '역시 영웅이라 다르네~'라고 하면서 좋아한단 말이다! 아하하!"

나이트 후드의 얼굴이 조금씩 일그러졌다.

"……고작 그런 이유 때문이야?"

"고작이라니. 돈, 여자, 인기, 권력. 남자에게 있어 그것들보다 중요한 게 뭐가 있지? 나는 잘 모르겠는데?"

"나는…… 그런 거 필요 없어."

"그래. 뭐 어려우시겠어. 천하의 나이트 후드께서 하시는 일이니 그러겠지. 그런데 지금 네 꼴을 좀 보라고. 신념이니 정의니 옳은 일이니 바락바락 외치고 있는 네 모습은 어떻지?"

"……."

대화를 통해 진정하려 했으나 진정이 되기는커녕 도리어 분노만 차올랐다. 말이 통하지 않았다. 진광의 생각은 일관적이었고 둘의 대화는 평행을 달렸다.

애초부터 대화가 통하지 않을 만큼 악질적인 인간이었다. 대화로 어떻게 해 보겠다는 건 너무나도 어린 생각이었다.

그래도 혹시나 하는 마음이 들었다. 세상에 그 어떤 인간도 태어날 때부터 악한 사람은 없다. 살면서 거짓말도 하고, 나쁜 짓도 하면서 교활해지기는 하지만 근본적으로 악한 사람은 존재하지 않는다는 게 동해의 생각이었다.

"그럼 당신은 돈이나 여자, 힘, 그런 걸 위해서 다른 사람이 죽어도 상관없다는 거야?"

진광은 잠시 고민하는가 싶더니 웃으며 답했다.

"응."

별다른 고민도, 죄책감도 느껴지지 않는 대답이었다. 나이트 후드는 더욱 증오심이 끓어올랐다. 동시에 인간에 대한 회의감이 들었다.

그 어떤 인간도 근본적으로 악하지 않다는 믿음에 대한 회의, 인간에 대한 불신.

"이 자식!"

나이트 후드가 총알처럼 튀어 나갔다. 용서할 수 없었다. 이길 수 없는 싸움이라 판단했지만 져서는 안 되는 싸움이기도 했다. 모순된 이야기지만 그것이 현실이었다.

"마음에 드는군! 어디 한번 볼까!"

이번에는 진광도 사정 봐주지 않았다. 나이트 후드의 공격이 닿기도 전에 공격을 퍼부었다. 이제는 막을 이유조차 없었다. 막기 이전에 때리면 되니까.

공격에 맞을 때마다 나이트 후드는 장난감처럼 이리저리 날아갔다. 멀리 날아가 아스팔트를 긁고 건물에 처박히고, 벽을 부수고 가로등을 부러뜨렸다.

하지만 아무리 얻어맞고 내쳐져도 나이트 후드는 바로 일어나 진광에게 달려들었다.

"좀 더 패기를 부려 봐! 이게 고작이냐! 더 해 보라고!"

나이트 후드에게 남은 것은 오직 오기뿐이었다. 처음에는
질 수 없다는 신념이 있었지만, 이리 터지고 저리 쓰러지면서
남은 것이라곤 볼품없는 오기뿐이었다.

둘의 싸움이 길어지면서 신고를 받고 경찰들이 몰려오기 시
작했다. 상황은 나이트 후드에게 점점 불리하게 돌아가고 있
었다.

"민중의 지팡이들이 납셨군. 어떻게 할래. 점점 더 궁지에
몰린다고 생각하지 않아?"

"시끄러워."

나이트 후드의 머릿속에는 오직 한 가지 생각밖에 없었다.
눈앞에 있는 저 녀석을 때려 부순다. 쳐 죽인다. 그 생각밖에
없었다. 점점 몸이 뜨거워졌고 정신이 몽롱해졌다.

그러는 사이 속속들이 현장에 도착한 경찰차는 진광과 나
이트 후드를 포위했다. 경찰들은 권총을 빼 들고는 차 뒤로
자리를 잡았다. 경찰들이 포위하자 진광은 능청을 떨었다.

"저 혼자서는 역부족이었는데 마침 잘 오셨습니다. 함께 힘
을 합쳐서 이 녀석을 제압하자고요."

나이트 후드도 경찰들에게 외쳤다.

"이 사람 말 듣지 마세요! 여러분들은 지금 이 인간에게 속
고 있는 거예요! 거짓말입니다! 믿지 마세요!"

경찰들은 나이트 후드의 말을 듣지 않았다.

"손 들고 뒤로 돌아! 그러지 않으면 발포하겠다!"

"칫!"

진광은 나이트 후드가 다른 곳을 쳐다보는 틈을 타서 공격했다.

"큭!"

나이트 후드도 얼른 반격했다. 그런데 의외의 상황이 벌어졌다.

"어?"

진광은 나이트 후드가 대충 휘두른 손에 어이없게 맞았고 뒤로 나가떨어졌다. 심지어 때린 나이트 후드조차 놀라서 뒤로 주춤했다.

"크흑. 이 자식……."

진광은 연기를 하고 있었다. 둘의 싸움이 만만치 않아서 상황이 어찌 될지 모른다는 인식을 심어 줘 경찰들이 나서게 하려는 것이다.

실제로 경찰들은 들고 있는 리볼버를 장전하고 있었다. 공포탄을 넘기고 곧바로 실탄으로 장전했다. 정말로 쏘려는 것이다.

나이트 후드가 당황해하자 진광이 작은 목소리로 속삭였다.

"조심하는 게 좋을 거야. 지금 수십 개의 총구가 너를 향하고 있다고. 저들이 못 쓸 것 같아? 미안하지만 상황이 바뀌었어. 우리 같은 능력자들에게는 이제 마음만 먹으면 바로 발포할 수 있다고. 다 네 덕분이지."

"……"

"네 친구도 아까 전에 총 맞고 실려 갔는데, 너는 모르려나?"

"친구?"

나이트 후드의 동공이 커다래졌다.

'설마 성주가?'

진광은 나이트 후드가 놀라고 있다는 걸 인지하고는 몇 마디 덧붙였다.

"그래. 보아하니 꽤 심각해 보이던데 이걸 어쩌나. 이러다가 혹시 그 여자애처럼 못 깨어나는 거 아니야? 낄낄."

"닥쳐."

"그러게 가만히 있지 왜 나서서 화를 자초하냐 이거지. 가만 보면 네가 뭔가를 하려는 게 아니라, 네가 뭔가를 하면 할수록 일이 꼬이고 잘못돼 가는 것 같은데, 아니야? 내가 봤을 땐 해결하겠다고 나대지 말고 그냥 가만히 있는 게 세상에 보탬이 되고 사회에 이득이 되는 것 같아. 왜냐하면 네가 나섰다 하면 문제가 더 커지니까. 그렇잖아? 너랑 연관되면 총을 맞거나 자살을 하거나 암튼 반병신이 되니까."

"닥치라고!"

한순간 이성을 잃은 나이트 후드는 총알처럼 튀어 나갔다. 진광은 한껏 여유를 부리며 대놓고 공격을 맞아 주었다. 혼신의 힘을 담은 공격에 맞은 진광은 멀리 날아갔고…….

탕!

대기하고 있던 경찰이 총을 발포했다.

"헉!"

총알은 정확히 나이트 후드의 오른쪽 허벅지를 명중했다. 살을 뚫고 뼈를 부수고 안에 안착했다.

"끄아! 아아악!"

처음 느껴 보는 강렬한 통증에 나이트 후드는 자리에 쓰러졌다. 옷이 젖어졌으며 피가 철철 흘러나와 도로를 적셨다.

쓰러져 있던 진광은 힐끔 경찰들의 기색을 살폈다. 그리고는 자리를 털며 일어나 말했다.

"잠깐만요! 그만하세요! 능력자에 대한 발포가 허락되었다 해도 죽일 수는 없습니다! 그래서는 안 돼요!"

얼굴은 진지했지만 나이트 후드는 그가 연기를 하고 있다는 사실을 알고 있었다. 끝까지 자신은 영웅으로 남고 나이트 후드를 악당으로 몰기 위해 연기를 하고 있다고.

죽여 버리고 싶었다. 화가 머리끝까지 올라서 견딜 수가 없었다. 나이트 후드는 부서져라 어금니를 깨물었으며 두 눈이 붉게 충혈되어 진광을 노려보았다.

'죽인다. 죽여 버릴 거야!'

반드시 그러고 싶었다. 모든 걸 다 떠나서 저 인간을 죽이지 않는다면 분이 안 풀릴 것만 같았다. 민철이 그렇게 조심하라던 검은 기운이 속을 갉아먹든 어찌 됐든 지금 당장 강력한 힘을 얻을 수만 있다면 아무래도 좋았다.

그때였다.

나이트 후드의 온몸에서 검은 기운이 불길처럼 치솟아 올랐다. 순간적으로 힘이 끓어올랐으며 이성을 상실했다.

"뭐야?"

나이트 후드는 허벅지에 총상을 입었음에도 불구하고 짐승처럼 자리에서 일어나 달려들었다. 경찰들은 두 번째 발포를 준비했지만 순식간에 두 사람이 엉겨 붙은지라 함부로 총을 쏠 수는 없었다.

나이트 후드는 양손으로 진광의 목을 졸랐다.

"큭! 켁!"

갑작스런 상황에 진광은 당황하고 있었다. 갑자기 나이트 후드의 힘이 부쩍 상승하였으며 압도적인 기운이 그를 짓눌렀다. 나이트 후드에게서 폭발적으로 힘이 뿜어져 나오고 있었다. 이리저리 몸부림쳐 보고 손을 쳐내려 해 봤지만 소용없었다. 나이트 후드의 두 손은 진광의 목을 쥐어짜듯이 조르고 있었다.

"죽어! 죽어 버리라고!"

"크윽! 큭!"

경찰들은 총을 쏠 수도 없고, 그렇다고 가까이 다가갈 수도 없어서 발만 동동 구르고 있었다.

"으으."

강력한 힘에 목을 졸린 진광의 눈이 점점 뒤집어졌다. 검은 자위가 스멀스멀 위로 넘어가는 중이다.

"죽으란 말이야! 너 같은 새끼는, 사람도 아니야! 너 같은 건…… 죽어 버려! 죽……."

미친 사람처럼 죽으라고 외치던 나이트 후드. 순간 코와 입에서 붉은 피를 뿜었다.

"커헉?"

이성을 잃었던 나이트 후드는 갑작스런 코피와 각혈에 정신을 차릴 수 있었다. 잠에서 깬 듯한 기분으로 나이트 후드는 주변을 둘러보았다.

자동차 뒤에 숨어 있는 경찰들은 나이트 후드가 바라보자 긴장하며 자세를 낮추었다. 진광은 반쯤 실신한 상태였다.

'뭐지? 뭐가 어떻게 된 거야? 검은 기운의 부작용인가?'

잠시 몇 초간 이성을 잃었던 것뿐인데 다리에 힘이 풀리고 온몸이 나른했다. 빈혈 증상처럼 시야가 어둡고 머리가 아찔했다.

"으윽."

나이트 후드의 폭주에 경찰들은 잠시 멍하니 있다가 다시 권총을 겨누었다. 그제야 정신이 번쩍 든 나이트 후드는 재빨리 자리를 벗어났다. 길을 가로막고 있는 경찰차를 디딤돌 삼아 널찍이 날아올랐다.

'일단 나중에 생각하자.'

나이트 후드는 경찰들의 추격을 피해 달아났다.

＊　　　＊　　　＊

경찰들의 추적을 피해 으슥한 골목에 숨어든 나이트 후드는 변신을 풀었다. 후드와 마스크를 벗은 동해는 깊은 한숨을 쉬었다.

벽에 등을 기대 잠시 휴식을 취했다. 체력적으로 너무 힘들었고 기도 완전히 고갈된 상태였다. 거기다가 정신적인 피로감 역시 한계에 다다른 상태였다. 몇 번이나 감정적으로 극한에 다다르니 더 이상 걸어다닐 힘조차 없었다.

다행히 상처는 잠깐이지만 검은 기운에 장악 당했을 때 치유된 모양이다. 바지가 찢어진 건 그대로였지만 상처는 핏자국과 함께 사라졌다. 동해는 혹시나 의혹을 살까 바지의 다른 부분도 찢어서 원래 그런 것처럼 보이게끔 위장했다.

동해는 주머니 속의 카메라가 안전한지 확인하고는 다시 움직였다. 최대한 사람이 없는 길을 통해 민선의 사무실이 있는 위치에 도착했다.

"어?"

처음에는 잘못 찾아왔나 싶어 주변을 좀 더 둘러보았다.

"이럴 리가 없는데."

하지만 기억이 잘못되지는 않았다. 지금 있는 위치가 확실했고 이곳에 민선의 사무실이 있는 건물이 있어야 했다.

5층짜리 건물이었다. 그런데 지금 동해 앞에 있는 건 평범한 2층 상가였다. 오늘 아침에도 분명 이곳에 들렀는데 하루도 안 돼서 건물이 감쪽같이 뒤바뀐 것이다.

동해는 휴대폰을 꺼내 민선에게 전화를 걸어 보았다.

'어떻게 된 거야? 설마 요환이 내게 환영 같은 걸 걸었나? 어떻게 이럴 수가 있어?'

번호를 입력하고 통화 버튼을 누르자 안내 멘트가 울렸다.

〈지금 거신 번호는 없는 번호이니 다시 확인해 주시기 바랍니다.〉

안내 멘트를 듣는 순간 숨이 턱하고 막혔다.

"제기랄!"

상황을 이해할 수 없었다. 사무실은 어디로 간 거고 연락을 주고받던 번호가 순식간에 없는 번호가 되다니. 동해는 주변을 둘러보며 급히 자리를 옮겼다. 더 이상 할 수 있는 일이 아무것도 없었다. 일단 안전한 자리로 피신하는 수밖에.

Battle 06

카운트다운

집으로 돌아온 동해는 방 안으로 들어갔다. 방 안으로 들어간 동해는 침대에 앉았다가, 그리 넓지도 않은 방을 이리저리 빙빙 돌다가, 컴퓨터를 켜고 자리에 앉기를 반복했다. 뭐하나 집중하지 못했고 안절부절못했다.

작전에서 가장 중요한 위치에 해당하는 민선이 연락이 되지 않았다. 아니, 그가 있던 건물이 신기루처럼 통째로 사라졌고 연락처는 없는 번호가 되었다.

'잘은 모르지만 분명 요환이 손 쓴 거겠지.'

구체적인 상황은 알지 못하지만 일단 민선과 연락할 수단은 전무했다. 동해는 성주에게 연락을 넣어 보았다.

분명 진광은 성주가 경찰이 쏜 총에 맞았다고 했다. 그럴 리 없다고, 자신보다 강한 성주가 당했을 리 없다고 애써 불길한 마음을 접고 연락을 넣어 보았다.

〈지금은 전화를 받을 수 없사오니……〉

이번에도 또 안내 멘트이다. 하지만 민선과는 경우가 조금 달랐다. 민선의 경우 대놓고 없는 번호라고 나왔지만 성주는 전화를 받을 수 없다는 멘트가 뜬다.

동해는 착잡한 심정이 되어 주머니 속의 카메라를 꺼내 보았다. 이 손가락 하나보다 작은 저장 매체 안에 전세를 뒤엎을 증거가 담겨 있다.

어쨌든 증거는 확보했으니 진 싸움은 아니었다. 이제 이것을 가지고 세상에 퍼트리기만 하면 된다. 그러면 묻힌 진실을 알릴 수 있을 것이다.

"그런데 어떻게 하지?"

크기가 너무 작아서 컴퓨터에 연결하는 방법을 알 수가 없었다. 별도의 장치나 작업이 필요한 일이었고 동해는 그에 관한 정보가 전무했다. 그리고 이것저것 알아본다고 함부로 밖에 돌아다녔다간 꼬리를 붙잡힐 우려가 있었다.

상대는 전부 나이트 후드보다 기 능력이 월등히 뛰어난 자들이다. 이번엔 운이 좋아 두 명을 따돌렸지만 다음에도 이기리란 보장은 없었다.

잠시 고민하던 동해는 소포를 이용해 방송국에 직접 보내기로 결정했다.

*   *   *

이곳은 어느 대형 병원.

폭주한 나이트 후드에게 당해 잠시 정신을 잃었던 진광은 이곳에 입원해 있었다. 기절해 있었던 진광은 현재 깨어나 불쾌하다는 표정을 짓고 있었다.

시간이 멈춘 것처럼 가만히 있던 진광은 이내 뿌드득 이를 갈았다.

"이런 거지 같은!"

그러더니 옆에 있던 물건들을 무너트렸다.

"내가 그딴 젖비린내 나는 애송이에게 지다니! 이건 말도 안 돼!"

팔에 연결되어 있는 링거 바늘을 강제로 뽑았다. 울분에 못이겨 막 비명을 지르며 두 손을 마구잡이로 휘저어 물건들을 부수었다.

"그렇게 화가 납니까?"

"뭐?"

언제 들어왔는지 요환이 벽에 등을 기대고 서 있었다.

"넌 여기 왜 들어왔어?"

"세 분이 모두 실패했다는 이야기를 듣고 찾아왔습니다.

당신이 셋 중에서 그나마 리더 축에 속하지 않습니까."

"흥. 리더는 무슨. 오합지졸들이지. 그러게 여자들은 이런 일시키는 거 아니라니까."

"남자인 당신도 실패하지 않았습니까?"

"크윽."

진광은 할 말이 없는지 입을 다물었다.

"그래서, 어떻게 하시겠습니까?"

"어떻게 하기는. 당장 갚아 줘야지. 천하의 임진광이 그렇게 당하고 그냥 물러날 줄 알았다면 오산이지. 아주 큰 오산!"

"어떻게 갚아 줄 건데요."

"그, 그건."

진광은 잠시 진정하고는 침대에 엉덩이를 걸쳤다. 그리고 복수의 의미에 대해서 곰곰이 생각해 보았다. 그냥 받은 만큼 돌려주는 게 진짜 복수일까? 아니다. 상대를 죽이는 것? 그것 역시 아니다.

상대가 두고두고 잊지 못할 만큼 치욕과 고통을 뼛속 깊이 각인시키는 것, 그게 바로 진정한 복수이다.

"절대로 잊지 못할 고통을 안겨 줄 거야. 평생을 후회하도록. 그러기 위해서 놈은 살아야 해. 절대 죽으면 안 돼. 절대로."

"그럼 됐군요."

"뭐야. 안 도와줄 거야?"

"이미 답이 다 나왔는데 제가 왜 도와야 하죠? 조금만 더 생각해 보세요."

요환은 의미심장한 웃음과 함께 안개로 산화했다.

"이봐! 이봐!"

진광은 머리를 긁적였다.

"답이 나오기는 뭐가 나왔다는 거야."

한참을 생각하던 진광은 무릎을 탁 쳤다. 생각해 보니 현재 총을 맞고서 응급차에 실려 간 나이트 후드의 동료가 있었다. 진광은 비릿하게 웃으며 자리에서 일어났다.

*   *   *

나민서는 그날도 평범한 하루를 보내고 있었다.

떡볶이를 만들고, 어묵 육수를 만들었다. 포장마차 주변을 청소했으며 가끔 오는 어린 친구들을 웃으며 맞아 주었다. 그러다가 주변을 두리번거리고, 간혹 손목시계를 확인했다.

"슬슬 올 때가 됐는데."

괜히 안절부절못하는 것이 꼭 누군가를 기다리는 것만 같았다. 마침 손님도 뜸하고 해야 할 일도 다 해 놓은지라 무료한 기다림이 이어졌다.

"나민서 씨 되십니까?"

그때 누군가가 나타났다. 반가운 마음에 고개를 들었던 그녀는 상대를 확인하고는 반색하던 표정을 감추었다. 처음 보는 남자들이었다. 전체적으로 꾀죄죄했으며 표정들이 심각하다.

"어떤 거 드릴까요?"

남자 중 하나가 품 안에 손을 넣었다. 그가 꺼낸 것은 경찰 배지였다. 경찰 배지를 본 민서는 깜짝 놀랐다.

"경찰? 여기엔 어쩐 일이시죠? 저, 저는 잘못한 게 없는데……."

"저희와 함께 가실 곳이 있습니다."

"예? 저 지금 장사하고 있잖아요. 무슨 일이신데 그러죠?"

이유를 묻자 경찰들은 머뭇거렸다.

"여기서 말씀드리기는 조금 그렇습니다. 일단 가서 이야기하죠."

"말씀해 주세요. 저한테 이 일은 생계가 걸린 일이라고요. 잠깐 마차 접는 게 그렇게 말처럼 쉬운 일인지 아세요?"

경찰은 착잡한 표정으로 조심스럽게 말을 꺼냈다.

"아드님과 관련된 일입니다."

새침하게 굴던 민서의 얼굴이 성주 이야기가 나오자 얼어붙은 것처럼 경직되었다. 자식 이야기가 나오면 괜히 걱정이 되는 게 어머니 마음이다. 그리고 뒤이어 경찰이 한 말은 그런 민서의 가슴을 더욱 뒤흔들어 놓았다.

"일단······ 저, 가시기 전에 마음의 준비를 단단히 해 두셨으면 합니다."

민서는 사형선고를 받은 사람처럼, 가기 싫은 곳을 억지로 가는 사람처럼 경찰들과 동행했다. 그녀로서는 처음 와 보는 장소였다.

시체 안치소.

건물 안으로 들어가고 복도를 걷는 민서의 표정은 파랗게 질려 있었다. 그녀는 지금 아무것도 느끼지 못했다. 독한 약품 냄새, 차가운 공기, 고요한 가운데 선명하게 남는 발소리까지.

그녀는 아무것도 보지도, 듣지도, 느끼지도 못했다. 경찰들은 그런 그녀의 마음을 이해했는지 손으로 어깨를 토닥여 주었다.

방문이 열리고, 차갑다 못해 새파란 공간이 드러났다. 벽쪽에는 캐비닛 같은 것이 놓여 있었고 중앙에는 철제로 된 침대 비슷한 것이 있었다. 그리고 그 위에는 누군가가 천으로 덮여 있었다.

민서는 지쳐 버린 표정을 하고 있었다. 여기까지 왔다면 상황은 뻔했다. 이미 다 알고 있고 정해진 결말이었다.

하지만 그녀는 부정했다. 아닐 거라고, 이건 뭔가 잘못된 거라고. 어딘가 착오가 있어서 잘못 불려온 거라고 그녀는 현실을 부정했다.

"확인해 보세요."

경찰은 괜히 딴 곳을 쳐다보며 손짓했다. 천을 거둬서 얼굴을 확인하라는 의미였다. 민서는 떨리는 손으로 천을 집고 들춰 보았다. 얼굴을 확인한 즉시 민서는 다리에 힘이 풀려 주저앉고 말았다.

"정신 차리세요!"

정신을 잃거나 하지는 않았다. 드라마나 영화에서 이런 상황에 기절하는 사람들의 마음을 알 것 같았다. 그러나 현실은 더욱 지독했다.

민서는 기절하지 않았다. 그래서 더 미칠 것 같았다. 이 슬픔, 절망을 1초, 1초 매순간 지속적으로 느끼고 담아야 하기 때문이다.

"왜! 내 아들이 왜 이러고 있는 거죠? 도대체 무엇 때문에!"

"알고 계셨는지 모르겠지만 아드님은 능력자였습니다. 그, 있잖아요. 나이트 워커."

"뭐라고요?"

"댁의 아드님이 능력을 이용해 난동을 부리고 있었고, 경찰들이 그걸 제압하는 과정에서 발포하였습니다. 댁의 아드님은 경찰이 쏜 총에 맞고 사망한 겁니다."

민서는 눈물진 눈으로 경찰들을 쏘아붙였다.

"대체 무슨 소리를 하는 거예요! 그런 말도 안 되는…… 나

보고 지금 그런 허무맹랑한 소리를 믿으라는 거예요?"

"하지만 그게 사실입니다."

경찰은 입술을 잘근잘근 씹으며 말했다.

"저도 그 자리에 있었습니다."

"거짓말하지 말아요! 왜, 우리 아들이 난동을 부려요! 분명 뭔가 이유가 있을 거예요! 이유가 있었을 거라고요!"

"그리고 발포한 게 바로 접니다."

그렇게 말하며 경찰은 손으로 눈을 가렸다.

안치소 밖.

민서는 벤치에 멍하니 앉아 있었다. 경찰들이 차로 바라다 준다고 했지만 거절하고서 이렇게 멍하니 있었다. 그렇게 30분 정도 있었을까. 택시 한 대가 안치소의 정문 앞에서 멈추었다.

택시에서 내린 이는 민철이었다. 포장마차에 들렀다가 천막이 내려져 있는 걸 보고는 연락을 넣은 것이다. 그는 민서가 있는 위치를 물었고 바로 찾아왔다.

그녀가 시체 안치소 쪽에 와 있다는 이야기를 듣고 민철도 심상치 않은 상황임을 눈치챘다.

"무슨 일이야? 당신 여기에 왜 왔어?"

"민철 씨. 우리 성주가…… 성주가……."

겨우 눈물을 그쳤건만, 민서는 민철을 보자마자 다시 울음을 터트렸다. 민철은 한참이나 그녀를 달래고 나서야 이야기를 들을 수 있었다. 얘기를 전부 들은 민철은 무어라 할 말을 찾지 못하고 그저 민서의 어깨를 토닥여 주었다.

아들이 경찰의 총에 맞아 죽다니. 그리고 그 아들이 능력자였다니.

하지만 민철도 이야기의 자세한 내막은 모르기에 섣불리 판단할 수는 없었다. 성주가 그녀의 아들이라는 건 알고 있었지만, 성주가 능력자라는 사실은 모르고 있으니까.

"일단 오늘은 장사 접고 집에 들어가서 푹 쉬어. 그게 나은 것 같아."

민철은 함께 택시를 타고서 그녀를 집에 바래다주었다. 그녀를 집에 보낸 민철은 곧장 담배부터 태웠다.

'이게 대체 무슨 일이람.'

언제부턴가 세상이 점점 과격하게 돌아가는 것 같았다. 누가 자살하고, 폭행하고, 폭행당하고, 누군가의 아들이 총에 맞아 죽고.

"……"

그야말로 세상이 미쳐 돌아가고 있었다.

'이게 바로 요환이 녀석이 원하는 세상인가?'

민철은 씁쓸하게 담배 연기를 삼키며 도장으로 향했다. 그런 그를 멀리서 바라보는 이가 있었으니, 진광이었다.

"흐음."

진광은 민서가 들어간 집과 민철의 뒷모습을 번갈아가며 확인했다.

"좋군. 아주 좋아."

진광은 비열한 미소를 흘리고는 골목 안으로 들어갔다.

*   *   *

쾅쾅쾅.

카메라를 소포로 붙인 동해는 계속 방구석에 틀어박혀 있었다. 현재 시각은 오후 6시. 이 시간에 집을 찾아올 사람은 아무도 없었다. 동해는 놀라 자리에서 벌떡 일어났다.

'누구지?'

동해는 혹시 능력자들의 습격일지도 모른다는 생각에 마음을 가다듬었다. 그리고 조심스레 인터폰을 들었다.

"누구세요?"

"나다."

목소리의 주인공은 민철이었다. 그의 방문에 동해는 슬리퍼 바람으로 대문을 열어 주었다.

"민철이 형, 여기는 어쩐 일이에요?"

민철은 복잡한 표정으로 동해를 바라보았다. 그 모습에서 무언가를 느낀 동해가 민철에게 다시 물었다.

"무슨 일이에요?"

민철은 조심스럽게 성주의 이야기를 꺼냈다.

"신성주라고 알고 있지? 전에 네 친구라고 했잖아. 그 녀석이 알고 봤더니 능력자였단다. 그리고 난동을 부리다가 경찰의 총에 맞아 죽었어. 혹시 너와 연관이 있는 거냐?"

동해는 그대로 굳어서는 대답하지 않았다. 민철은 설마설마 하며 동해의 어깨에 손을 얹었다.

"아니지? 너랑 아무 상관없는 거지? 그렇지?"

"미, 민철이 형…… 그게 사실이에요?"

"이 녀석아, 도대체 무슨 일을 벌이고 다니는 거야. 이게 대체 어떻게 된 거냐고!"

"그럴 리가 없어요……. 성주는 나보다 강한데, 총에 맞아 죽다니요. 그, 그건 말도 안 돼요. 말도…….."

민철은 순간 동해의 멱살을 휘어잡고는 벽에 몰아붙였다.

"이 자식아! 그러게 내가 나서지 말라고 했잖아! 왜 책임지지도 못할 일을 벌이고 다니는 거야! 도대체 어떻게 수습하려고 이 지경인 거냐고! 도대체 생각이 있는 거야 없는 거야! 너 어쩔 거야! 어쩔 거냐고!"

동해는 그대로 무너져 내렸다.

"나는 잘하려고 했어요……. 성공만 하면 모두가 잘 될 거라고 생각했는데…… 왜 이렇게 됐지……? 나도 이러려고 그런 게 아니라고요."

동해와 민철은 비통한 표정이 되어 잠시 아무 말도 하지 않았다.

                    *   *   *

　철광과 태수는 도장에 있었다. 함께 있던 민철은 잠시 먹을
걸 사러 밖에 나갔다가 한참 뒤에나 돌아왔다. 그는 무척이
나 심각한 표정이었고 사러 갔던 먹을 것은 들고 있지도 않았
다.

　철광과 태수가 무슨 일이냐고 물었지만 그는 대답하지 않
았다. 그저 짧게, 오늘의 수련은 다 끝났으니 이만 돌아가라
는 말만 던진 채 먼저 밖으로 나가 버렸다. 그렇게 어찌어찌
수련은 끝이 났지만 마땅히 할 일이 없었던 두 사람은 도장
안에 과자를 사 와서 탱자탱자 놀고 있었다.

　"괜찮으려나?"

　과자를 씹으며 철광이 두려운 듯 중얼거렸다.

　"괜찮다니까 그러네. 아까 분위기 못 봤냐. 무슨 급한 일이
생긴 게 분명해. 안 돌아올 거야. 이럴 때 아니면 우리가 언제
이런 배짱을 부리겠냐?"

　태수는 철광의 등을 토닥이며 안심시켰다. 그럼에도 철광
은 찜찜하다는 얼굴이다.

　"아까 사부님 표정 장난 아니던데. 진짜 심각한 일 있나
봐."

"솔직히 나도 좀 의외였어. 그 양반이 그런 표정도 지을 줄 알았다니. 살벌하긴 엄청 살벌하더라."

"무슨 일일까?"

"낸들 아냐."

열심히 수다를 떨던 중, 끼이익 하는 소리와 함께 문이 열렸다. 도둑이 제 발 저리다고 철광과 태수는 급히 과자 봉투를 치우는 시늉을 했다. 그런데 문을 열고 들어온 건 민철이 아니었다. 그보다는 훨씬 작고 아담한 소녀, 송아현이었다.

"안녕."

아현은 낯선지 얼굴만 살짝 내밀고서 인사했다. 민철이 아님에 태수는 한시름 놓았지만 반대로 철광은 깜짝 놀라 자리에서 일어났다.

"아, 아현아? 네가 여긴 웬일이야?"

"너 여기서 뭐 배운다기에 구경 왔어."

그녀의 손에는 과자가 담긴 봉투가 들려 있었다. 기껏 선물을 가져왔건만, 그녀는 바닥에 널린 과자 봉투를 보며 심란하다는 표정을 지었다. 철광은 미적대며 자신의 거대한 몸으로 그녀의 시야를 가렸다.

"그렇구나. 어서 와. 오해하지는 말고. 지금 관장님 다른 데 가서 잠시 쉬고 있었던 거야."

"그래? 그럼 나 들어가도 돼?"

"그럼, 누추하지만 얼른 들어와."

태수는 한 발짝 떨어져서 아현과 철광을 번갈아 가며 쳐다보았다. 제법 눈치가 빠른지라 태수는 철광의 상태가 좀 전과는 많이 다르다는 걸 알아챘다. 태수가 지나가는 식으로 넌지시 물었다.

"둘이 굉장히 친한가 봐?"

아현은 고개를 끄덕이며 쉽게 긍정했다.

"응. 예전에 철광이한테 도움 받은 게 좀 있거든. 그걸 계기로 친해졌어."

"그래? 그렇구나. 그랬구나."

태수는 음흉하게 웃으며 철광을 올려다보았다. 철광은 모르는 척하며 은근슬쩍 옆구리를 찔렀다. 닥치라는 의미다.

사내 둘이서 칙칙한 농담 따먹기를 하다가 아현이 끼니 좀 더 화기애애한 분위기가 연출됐다. 아현은 순진한 표정으로 이것저것 물었으며 태수는 능글맞게 맞받아쳤다. 철광은 얼굴을 붉히고 말을 더듬으며 어쩔 줄 몰라 했다.

태수와 철광, 그리고 아현이 그렇게 시간을 보내고 있을 때였다.

쿵쿵쿵.

아래층과 연결된 계단을 통해 발소리가 들려왔다. 두 사람은 화들짝 놀라서는 급히 과자 봉투를 치웠다. 그런데 어째 소리가 이상했다.

발소리가 하나가 아닌 여러 개였기 때문이다. 태수와 철광은 입에 묻은 과자를 털어내며 문 쪽을 바라보았다.

이윽고 문이 열렸고, 손에 각목과 몽둥이를 든 검은 정장을 입은 사내들이 몰려들어 왔다. 태수와 철광은 어안이 벙벙한 얼굴로 정장 사내들을 바라보았다. 태수가 말했다.

"다, 당신들 뭐야! 도장 안에 신발 신고 드, 들어오면 어떻게 해!"

겨우 허세를 부려 보지만 그게 고작이었다. 정장을 입은 남자들의 숫자가 너무 많았고 또 다들 한 인상 했기에 겁이 나는 건 어쩔 수가 없었다. 어째선지 사내들 역시 긴장한 표정을 짓고 있었다.

"뭐야. 두 명밖에 없잖아?"

"모, 몰라. 일단 깽판 치라고 했으니까 숫자가 무슨 상관이야. 대충 쓸고 빨리 가자. 놈은 분명 있는 대로 깽판 치라고 했지 몇 명 이상 아작내라고는 안 했어."

자기네들끼리 속닥거린 그들은 다짜고짜 태수와 철광을 향해 다가왔다. 정말로 손에 들고 있는 몽둥이와 각목을 휘두를 심산이었다.

"미안하다, 악감정은 없다고!"

한 녀석이 철제 배트를 휘둘렀다.

팍!

태수에게 향하던 배트가 철광의 손에 멈추었다.

"지금 뭐하는 겁니까?"

공격을 막은 철광은 불량배에게 박치기를 하고는 배트를 빼앗았다. 철광은 빼앗은 배트를 위협 삼아 두 손으로 우그러트렸다. 그리고는 한마디 했다.

"아저씨들, 우리가 애라고 무시하나 본데. 요즘 애들 무섭거든요? 왜 이러는지 모르겠지만 마음 단단히 먹는 게 좋을 겁니다. 상대를 죽이려 하면 자신도 죽을 수 있다는 거 알아요?"

철광은 옆에 있는 비실비실한 태수와 달리 키와 덩치가 성인을 압도했다. 불량배들도 그 점이 거슬렸는지 섣불리 다가오지 못했다. 서로 눈치만 보자 리더로 보이는 이가 외쳤다.

"뭣들 하는 거야? 고작 두 명에게 쫄은 거냐! 이미 돈 받았잖아! 돈 싫에!?"

이들은 이 구역에서 활동하는 조폭들이었다. 운영하던 술집은 경쟁에서 밀려 버렸고 결국 거리에서 장사하는 이들의 푼돈이나 뜯는 게 고작이었다.

그마저도 예전이랑은 시대가 달라 시원치 않았고 쉽지도 않았다. 용역 깡패 일이나, 간혹 대기업의 더러운 일에 투입되는 걸로 근근이 유지했다.

그렇게 조직이 간당간당한 상태로 유지되던 중 한 남자가 찾아왔다. 그는 단숨에 몇 명을 곤죽으로 만들었고 황당하게 돈을 건넸다. 한 가지 부탁과 함께.

"여기 적힌 주소로 찾아가서 있는 대로 깽판을 쳐.
사람이 보이거든 반병신을 만들어 버려. 죽여도 상관
은 없어. 만약 도망치거나 똑바로 이행하지 않으면 내
손에 너희 다 초상날 줄 알아. 똑똑히 기억해 둬. 이건
의뢰가 아니야, 명령이다."

입이 다물어지지 않을 만한 금액, 그리고 의문의 남자가 보
여 준 인간을 초월한 힘, 무자비한 폭력은 조폭들이 다른 생
각을 할 수 없게 만들었다.

당장 두려움과 돈에 대한 탐욕이 그들을 강제적으로 이끌
었다.

"아까 그놈 봐서 알잖아! 빌어먹을, 시킨 대로 안 하면 우
리를 죽일지도 모른다고!"

"젠장."

철광의 위압감에 잠시 주춤했던 불량배들은 다시 앞으로
나섰다. 철광도 자세를 갖추며 싸움을 준비했다.

"태수야, 넌 뒤로 빠져 있어."

태수는 오들오들 떨며 기둥 뒤로 숨었다.

이윽고 불량배들과 철광의 싸움이 벌어졌다. 수십 개의 각
목과 몽둥이가 난무했다.

"하앗!"

철광은 앞에서 어리바리하게 있던 한 녀석을 붙잡아 방패

로 썼다. 불량배들은 혹여나 아군이 맞을까 함부로 공격하지 못했고, 철광은 그 틈을 노려 발차기와 주먹을 날렸다. 그리고 불필요해진 인간 방패는 창밖으로 집어던져 버렸다.

쨍그랑!

"자, 다음!"

철광은 불량배들에게 손짓하며 더욱 기합을 넣었다.

"너희가 뭔데 우리 사부님 도장을 망가트려? 누가 시켰어. 누가 시켰는지 말해."

"마, 말해 줄 것 같으냐!"

"그럼 불게 만들어야지."

철광은 바닥에 떨어진 야구 배트를 들었다. 그리고 태수와 함께 기둥 뒤에 숨어 있는 아현을 힐끗 살폈다.

"오늘만큼은 교활해지겠어. 당신들은 아무 이유 없이 쳐들어와서 폭력을 행사했어. 싸움은 안 되는 거라지만 이유도 모른 채 맞고만 있을 수는 없잖아? 나중에 경찰들이 와서 잘잘못을 따져도 나는 별로 손해 보는 것도 없을 거야. 왜냐하면 당신네들은 어른이고 나는 아직 미성년자니까. 와 봐. 어디 한번 덤벼 보라고."

허풍처럼 들릴 수도 있는 말이었지만 조금 전 철광한테 매운 맛을 본 불량배들에게는 강렬하게 와 닿는 말이었다.

청소년이지만 청소년이기를 거부하는 괴력과 맷집에 불량배들은 선불리 접근하지 못했다.

"젠장. 그 인간, 싸움도 잘하더만 자기가 와서 하지. 이런 괴물이 있다고는 말 안 했잖아?"

"그 여자 혼자 있는 쪽으로 간 애들이 부러워지는구만."

불량배들이 중얼거리는 대화에 철광이 끼어들었다.

"여자? 누구를 말하는 거지?"

불량배들은 함구했고, 결국 철광은 주먹으로 입을 여는 수밖에 없다 여겼다.

다시 싸움이 이어졌고 결과는 철광의 압도적인 승리였다. 철광은 상대가 오는 족족 잡아 매쳤고 그 매친 자를 방패삼아 적들의 공격을 막았다. 그리고 방패 역할이 끝난 녀석들은 창밖으로 던져 버리기 일쑤였다.

불량배들의 숫자는 계속 줄었고 스무 명에서 시작한 인원이 현재는 다섯 명밖에 남지 않았다. 다섯 명도 그리 적은 숫자는 아니었지만 상황이 상황인지라 불량배들은 거의 전의를 상실한 후였다.

"크흠."

철광 쪽으로 전세가 완전히 기울다고 생각할 즈음, 또 다른 이가 문을 열고 들어왔다. 철광만큼이나 덩치가 큰 녀석이었다. 아니, 철광보다 머리 두 개가 더 큰 거구였다.

"늦어서 죄송합니다."

그의 목소리는 기계로 조작한 것처럼 심하게 저음이었다. 거구는 주변을 둘러보고는 한마디 했다.

"저 녀석을 제압하면 되는 겁니까?"

"그래. 마침 잘 왔다. 저 녀석 때문에 고전하고 있었어. 저 녀석을 쓰러트려 줘."

"알겠습니다."

철광은 거한을 올려다보았다. 자신보다 큰 사람을 보는 건 이번이 처음이었다. 한 사람은 위에서 아래로, 또 한 사람은 아래에서 위로 서로 바라보았다. 그러기를 5초, 먼저 공격을 시작한 건 철광이었다. 덩치에 안 맞게 빠른 공격을 몰아쳤지만 거한은 기별도 안 간다는 표정을 지었다.

"다 끝났나?"

거한이 귀찮을 걸 쳐내듯 손을 휘두르자 철광의 몸이 허공을 날았다. 벽에 부딪치고 나서야 비행을 멈출 수 있었다.

"빨리 끝내도록 하죠."

거한은 짧게 말하며 주머니에서 뭔가를 꺼냈다. 징이 박힌 장갑이었다. 주먹 끝에 날카로운 쇠붙이가 달려 있는 흉악한 물건이다. 살벌한 흉기의 등장에 철광도 경직된 얼굴이 되었다.

"무슨 일인지는 나도 잘 모르겠지만 암튼 나쁜 감정은 없다. 원망하지 마라."

"원망하지 말라고? 너희는 이유도 모른 채 사람을 패냐! 지금 너희가 무슨 짓을 하고 있는지 모르는 거냐고!"

"몰라. 난 그냥 시키면 시키는 대로 한다. 그게 조직이라는 거다."

철광은 분노하여 달려들었다. 하지만 강철 같은 철광이라 하여도 거한을 이길 수는 없었다. 아무리 공격을 퍼부어 봐도 거한은 끄떡하지 않았으며 흉기를 손에 장착한 그의 공격은 일격마저도 위협적이었다.

"악!"

거한의 주먹이 철광의 얼굴에 맞았다. 날카로운 철 부분이 얼굴을 긁었고 피부를 찢었다. 철광의 얼굴에서 피가 튀었고 지켜보던 아현은 비명을 질렀다. 흉기가 달린 주먹이다 보니 한 방에 전세가 크게 기울었다. 철광은 피를 닦으며 주춤거렸고 공격은 연이어 퍼부어졌다.

"제기랄!"

철광은 피범벅이 되어서는 갑자기 욕을 뱉었다. 나이트 후드에게 패배한 이후, 철광은 늘 생각했다. 어쩐지 자신은 주인공이 아닌 것 같은 그런 패배감이 있었다. 나이트 워커의 등장으로 세상은 떠들썩한데 자신은 아무것도 아닌 듯한 무력감.

자신도 뭔가 멋진 일을 하고 싶었고 중심이 되고 싶었다. 다른 누군가가 자신을 경외감을 갖고 바라봐 주길 원했으며 특별해지고 싶었다.

그저 평범한 시민A, 엑스트라B 같은 인물은 되고 싶지 않았다.

지금이 바로 기회였다. 현재 활약할 수 있는 건 자신밖에 없었고 태수가, 아현이 자신을 바라보고 있었다. 지금이야말로 자신이 꿈꾸던 '주인공'이 될 수 있는 상황이다.

이런 절호의 기회를 허무하게 날려 버리고 싶지 않았다. 철광은 생각했다. 자신처럼 보잘 것 없는 사람도 중심에 설 수 있고 주인공이 될 수 있다고.

"다시 한 번 때려 봐! 더 해 보라고!"

"흠."

거한은 장갑을 바로 끼며 주먹을 장전했다. 그리고 곧장 철광의 안면을 향해 철퇴처럼 주먹을 휘둘렀다.

"하압!"

철광도 주먹을 내질렀고, 이윽고 두 사람의 주먹이 서로 격돌했다.

콰득!

날카로운 쇠붙이에 철광의 주먹이, 손가락이 찢어졌다. 손뼈가 부러졌다.

"크윽?"

거한이 받은 충격도 만만치 않았다. 강력한 충돌에 거한이 끼고 있는 장갑의 쇠붙이가 뭉개졌다. 거한의 손가락이, 주먹이, 손목이 부러졌다. 뒤이어 충격이 팔꿈치에 전해졌고 그대로 어깨까지 충격이 연쇄적으로 이어졌다.

"크학!"

그렇게 서로 한쪽 팔의 전투능력을 잃었다. 하지만 거한은 거기서 포기하지 않았다. 이번에는 반대 주먹을 뻗었고 철광도 지지 않고 주먹을 내질렀다.

쾅!

다시 한 번 두 주먹이 격돌했다. 이번에도 철광의 승리였다. 감당할 수 없는 충격이 거한의 주먹, 손목, 팔꿈치, 어깨에 전달되며 몸이 뒤틀렸다.

"크악!"

타격은 거한 쪽이 좀 더 심하게 받았다. 양팔 뼈가 완전히 부러진 그는 자리에 무릎을 꿇고서 신음했다. 물론 철광도 더 이상 싸울 수 없는 건 마찬가지였다.

반면 불량배들은 아직 다섯 명이나 남아 있었다. 그들은 서로 눈치를 보다가 바닥에 떨어진 각목과 배트를 집어 들었다.

무력화된 태수와 아현, 철광을 공격하려는 찰나 문이 열리며 또 누군가가 들어왔다.

"어이구, 무슨 일인데 이렇게 시끄러워?"

문을 열고 들어온 건 자그마한 키에 등이 굽은 노인이었다. 하얀 수염까지 덥수룩하게 기른 폼이 무슨 도인처럼 보였다.

그의 정체는 건물주인 박 씨였다. 박 씨 영감은 돋보기를 만지작거리며 상황을 살폈다.

"이게 무슨 영문이래? 이것들 보쇼. 지금 남의 건물 안에서 이게 무슨 소란인가?"

"칫. 이 영감도 족쳐!"

10분 정도 지나고 나서야 민철이 돌아왔다. 건물 주변에는 빨랫감이 바람에 떨어진 것처럼 검은 정장을 입은 사내들이 쓰러져 있었다. 경찰과 구급차까지 출동해 있었다.

민철은 고개를 갸웃하며 급히 도장 안으로 들어갔다. 도장 안에도 상황은 마찬가지였다. 여기저기 깨지고 난리도 아니었으며 바깥처럼 검은 정장을 입은 남자들이 쓰러져 있었다.

"이, 이게 무슨 일이야."

도장 안에는 불량배들 말고도 철광과 태수, 아현, 그리고 건물주인 박 씨 영감이 있었다. 그나마 다행은 철광 외에는 다친 사람이 없어 보인다는 것이다. 민철은 박 씨 영감의 어깨를 잡고 흔들었다.

"영감님, 이게 대체 무슨 일입니까? 이 녀석들은 뭐고 저 녀석은 왜 다쳤어요?"

"나는 모른다. 저 덩치 큰 친구에게 물어보게."

박 씨 영감은 그리 말하며 새침하게 수염을 쓰다듬었다.

"철광아, 이게 어찌 된 일이냐. 설명을 해 봐."

"저도 잘 모르겠어요. 갑자기 쳐들어와서는 다짜고짜 공격해 왔어요. 아, 맞아. 우리 쪽 말고도 다른 곳에서도 똑같은 일을 벌이고 있나 봐요. 뭐였지? 여자 혼자 있는 쪽이었던가? 그런 말을 했었는데……."

그 말을 듣는 순간, 민철은 망치로 뒤통수를 얻어맞는 기분을 느꼈다. 설마설마하는 불길한 생각이 온몸을 휘감았다.

"칫!"

민철은 곧장 도장 밖으로 뛰쳐나왔다. 그럴 리가 없다고, 설마 그러겠냐는 생각을 하면서도 몸은 본능적으로 민서의 집을 향해 달렸다.

미친 듯이 달려서 그녀의 집에 도착했다. 대문은 물론이고 현관문까지 열려 있었다. 집 안은 강도라도 든 것처럼 난장판이 되어 있었으며 민서는 거실 한가운데에 쓰러져 있었다.

무엇으로 어떻게, 얼마나 심한 짓을 당한 건지 온몸이 상처투성이었고 그 상처에서 계속 피가 흘러나왔다. 민철은 허탈한 마음에 자리에 무릎을 꿇었다.

"어째서……."

민철은 다급하게 그녀의 호흡을 확인해 보았다. 미약하지만 아직 숨이 붙어 있었다.

"하아……."

민철은 흐느끼는 숨소리와 함께 머리를 쥐어뜯었다.

Battle 07

누구를 위하여
종은 울리나

한 소년이 있다.

소년은 영웅이 되고 싶었다. 치기 어린 마음이었지만 세상에 도움이 되고 싶었고 자신에게도, 남에게도 보람 있는 일을 하고 싶었다.

남을 돕는다는 게, 선의라는 게 구체적으로 어떤 의미인지 알지 못했지만 적어도 멋지다는 느낌은 있었으니까.

시간은 흘러 소년은 어른이 되었고 학교를 벗어나 세상과 맞닥뜨렸다. 하지만 학교나 세상이나 크게 다를 것은 없었다. 힘세고 목소리 큰 녀석들이 기득권을 잡으며 치열한 경쟁만이 살길이었다. 내가 살기 위해서는 남을 죽여야만 했다.

계속 시간이 흘렀다.

소년은 살기 위해, 밥을 먹기 위해 사회에 융화되었다. 융화라기보단 사실 반쯤 포기했다는 말이 옳을 것이다. 무상한 세월과 차가운 세상의 논리는 어른이 된 소년의 꿈을 앗아갔다.

꿈은 말 그대로 꿈에 불과했다. 꿈은 이루어지지 않았다. 꿈은 그저 꿈일 뿐. 존재하지 않는 허상과도 같았다.

어른이 되어 버린 소년에게는 한 가지 꿈이 있었다. 흐릿하고 잘 기억도 나지 않았지만 나름대로 순수했던 시절의 꿈이다.

어른이 된 소년은 생각했다. 세상은 영웅을 허락하지 않는 걸까? 아니면 자신의 의지가 부족했던 걸까?

          *   *   *

"아."

의자에 앉아 불편한 잠을 청하던 민철이 깨어났다. 이곳은 민서가 입원해 있는 병실. 민철은 그녀의 옆에 의자를 두고 앉아 계속 그녀의 상태를 살피고 있었다. 그러다가 깜빡 졸았다.

"깼어요?"

깜빡 졸은 사이 병실에는 동해가 와 있었다. 동해가 보이자 민철은 고개를 돌려 버렸다.

"여기엔 어쩐 일이냐."

"민서 누나가 걱정돼서요……."

"걱정할 필요 없다."

"네?"

"오늘을 넘기기 어려울 거라고 하는구나. 그러니 걱정은 오늘까지만 하면 돼."

"……."

충격적인 이야기에 동해는 입을 다물었다. 민철이 빈정거리는 어투로 말한 것도 눈치채지 못했다. 뭐라고 말하긴 해야 하는데 도무지 할 말이 떠오르지 않았다. 동해는 죄책감에 완전히 기가 죽었다.

"그놈들. 우리 도장에까지 찾아왔다더라."

"그게 사실이에요?"

"그래. 큰 피해는 없었지만 철광이 녀석이 약간 다쳤더라. 많이 다친 건 아니었지만."

쉽지 않을 거라고는 생각했다. 어렵고 고달플 거라고는 생각했었다. 하지만 자신 때문에 다른 사람들까지 피해를 받을 거라고는 미처 생각하지 못했다. 나쁜 놈들이 어느 정도까지 악랄해질 수 있는지 제대로 파악을 못 한 것이다.

벼리와 관련된 권력자들, 그리고 요환 패거리가 무슨 짓이라도 할 수 있다는 사실 이제 깨달았다. 하지만 그 깨달음이 너무 늦은 게 문제였다. 후회할 수조차 없을 정도로 너무 때 늦은 깨달음이었다.

"동해야."

"네."

민철은 다 죽어 가는 얼굴로 덤덤하게 말했다.

"그래도 난 너 원망 안 한다."

"민철이 형……."

"왜냐하면 민서 씨가 널 원망하지 않을 테니까."

동해의 눈에서 눈물이 뚝뚝 떨어졌다. 죄책감, 미안함, 부끄러움 등 감정들이 뒤섞여 마음을 주체할 수가 없었다.

"환자 앞에서 울지 마라. 부정 탄다."

"죄송해요…… 정말 죄송해요……."

"네가 사과할 일이 뭐 있어. 넌 일을 해결하려고 했고 나쁜 짓을 한 놈들은 따로 있는데. 진짜 사과해야 할 놈들은 따로 있어."

"그래도 죄송해요……. 제가 더 잘했어야 하는데. 제가 조금만 더 능력이 있었다면 성주도, 민서 누나도…… 이렇게 되지 않았을 텐데…… 다 제 잘못이에요. 크흑."

민철은 생각했다.

나쁜 짓을 한 놈들은 지금도 보이지 않는 곳에서 자신들의 욕심과 배를 불리고 있을 것이다. 티끌만큼의 죄책감도 없이 즐겁게 웃고 있을 것이다.

그런데 왜 동해가 사죄해야 하는 걸까. 동해는 그저 잘못된 상황을 바로 잡고, 올바른 일을 실천하려고 했던 것뿐인데. 그게 정녕 잘못일까?

민철은 세상에 신이 존재한다면 묻고 싶었다.

'옳고 그름이 뒤틀린 세상을 창조한 이유가 무엇입니까? 아무 죄도 없는 사람이 피해받고, 잘못한 사람이 잘 먹고 잘 사는 세상을 진정 당신이 의도한 것입니까?'라고.

"동해야."

"네."

"긴말하지 않겠다. 앞으로는 네가 알아서 해라. 네가 생각하고 네가 판단해라. 더 이상 너에게 이렇다 저렇다 조언하고 탓하지 않겠다. 애초에 내게는 그럴 자격이 없었던 거야."

"형……"

"뭐라고 하는 거 아니다. 이제부터는 내가 널 도와줄 수 없다는 말이야. 뭐, 그전부터 그렇게 많이 도와준 것도 아니지만."

민철은 동해의 어깨에 손을 얹었다.

"힘들겠지만 이제부터는 네가 스스로 선택해야 해. 누구도 널 도와줄 수 없고 함께하지 못할 거다. 그렇기 때문에 나는 네 판단을 존중할 것이고, 누구도 너의 선택을 나무랄 수 없을 거야."

"나, 나는……"

"그리고 네 주변 사람들을 잊지 마라. 백 명, 천 명 구해 봤자 내 사람 하나 지키지 못한다면 그건 아무 짝에도 쓸모가 없는 거야."

동해는 울먹거리며 말을 더듬었다. 뭔가 말하려는 찰나, 민철이 서두르듯 다른 이야기를 꺼냈다.

"목이 타는구나. 밖에 나가서 음료수 좀 사와라."

"예? 아, 알았어요."

동해는 손등으로 눈물을 훔치며 밖으로 나갔다. 동해가 나가고, 민서와 단둘이 남게 된 민철은 그녀의 손을 어루만졌다.

"미안해."

"……"

산소호흡기를 끼고 있는 민서는 대답이 없다.

"다 내 잘못이야. 내가 그 자식을 포기하지만 않았더라면 애꿎은 당신에게까지 피해가 가지는 않았을 거야. 동해도 이렇게 되지 않았을 거고, 성주도 그리 되지 않았을 거야. 내 잘못이야. 내가 포기하지 않았더라면, 겁쟁이가 아니었다면 우리 모두 행복할 수 있었을 텐데."

"그럼 복수를 하지 그래?"

오른쪽 귓가에 낯익은, 동시에 불쾌한 목소리가 들려왔다. 옆을 돌아볼 필요도 없었다. 그것은 요환의 목소리였으니까. 요환은 침울해져 있는 민철의 귓가에 악마처럼 속삭였다.

"저 여자를 그렇게 만든 놈들에게 복수를 하는 건 어떨까? 화나잖아? 왜 아무 잘못도 없는 사람이 피해를 받아야 하는 건데? 나이트 후드에 대한 복수심을 이런 식으로 풀다니. 이건 아니라고 봐."

"사라져."

"이봐. 그럼 가만히 있을 거야? 누군가는 이 여자의 한을 풀어 줘야 할 거 아니야. 설마 그 일까지 나이트 후드에게 맡기려는 건 아니겠지?"

"복수, 좋지. 하지만 네가 바라는 대로 움직이지 않을 거다. 네놈이 원하는 방식대로 꼭두각시처럼 움직이지 않을 거야."

"내가 원하는 거라니? 그게 뭔데."

"혼돈."

민철의 짧은 대답에 요환은 의미심장하게 웃었다. 민철은 계속 이어서 말했다.

"이제야 알 것 같다. 네놈 자식이 대체 뭘 원하는지. 무엇을 의도하고 이딴 짓을 벌이는 건지 이제야 다 알 것 같다고. 너는 그냥 세상이 비정상적으로 미쳐 돌아가길 원하고 있는 거야."

"재밌는 생각이네."

요환은 민철의 등을 토닥였다.

"그럼 네 방식대로 열심히 해 봐. 어떤 생각을 하고 있는 건지는 잘 모르겠지만 말이야. 응원해 줄게."

요환은 그리 말하며 병실을 나섰다. 그가 병실에 들렀다 나가는 동안에도 민철은 민서의 손을 놓지 않고 있었다.

"어쩌면. 이게 당신을 더욱 힘들게 만드는 걸지도 몰라. 당신을 더욱 절망에 빠지게 할 수도 있어. 이대로 어떤 아픔도 슬픔도 없이 깊이 잠들기를 바랄 수도 있겠지. 하지만 아니야. 그건 아니야. 왜냐하면……."

민철은 깊게 숨을 들이쉬고는 말했다.

"끝날 때까지 끝난 게 아니니까."

민서의 손을 맞잡은 민철의 손에서 빛이 미약하게 뿜어져 나왔다.

"한 사람을 위한 영웅이 될 것인가, 모두를 위한 영웅이 될 것인가. 선택해야 하는군. 뭐, 이런다고 당신이 좋아할 것 같진 않지만 말이야."

민철은 쓰게 웃었다.

잠시 후.

음료수를 사러 나갔던 동해가 돌아왔다. 병실의 문을 연 동해는 고개를 갸웃했다. 조금 전까지 있던 민철이 보이지 않았다.

"민철이 형?"

병실 어디에서도 민철의 모습은 찾아볼 수 없었다. 동해는 잠시 병실에서 기다렸다. 묵묵히 기다리기를 한 시간째. 결국 민철은 돌아오지 않았고 동해도 집으로 돌아갔다.

침대에 누워 있는 민서는 변함이 없었다. 머리에는 붕대를 감고, 입에는 산소호흡기를 낀 채 편안한 표정으로 잠들어 있었다.

그러기를 몇 시간째. 잠에서 깨듯, 얼핏 그녀의 눈가가 움찔거렸다.

*　　　*　　　*

며칠이 지났다.

방송국에 나쁜 놈들의 영상과 대화가 녹음된 카메라를 보냈지만 시간이 지나도 그 영상에 대한 소식은 나오지 않았다. TV에도, 인터넷에도, 라디오에서도 그 어디에서도 나오지 않았다. 그것만을 제외한 엉뚱한 소식들만이 즐비했다.

일본에서 부는 한류 열풍에 대한 특집 기사, 유럽 전역에서 유행하는 K-POP의 열기, 청년 실업률이 작년에 비해 많이 줄었다는 소식 등 많은 정보가 떠돌았지만 어디에서도 벼리에 대한 기사는 찾을 수 없었다.

동해는 몇 번이나 뉴스와 인터넷을 살펴보았지만 결국 하나도 찾지 못했다. 부정하고 싶었지만 인정해야 했다.

그들이 고의적으로 증거를 인멸한 것이다.

그렇다고밖에 생각할 수 없었다. 방송국 역시 그들과 한패였다. 유일한 증거물을 그대로 방송국에 보낸 것은 너무나 안일한 행동이었다.

조금 더 생각하고 더 주의했어야 했다. 따로 복사해 두지도 않았다. 동해의 실수 아닌 실수로 인해 그렇게 이번 작전은 완전히 실패해 버렸다. 이제는 다음을 기약하는 것조차 힘들었다.

때늦은 시각.

동해는 거리 한복판을 걸었다. 마땅한 목적지가 없었다. 어디로 가야 할지도 모른다. 동해는 생각했다. 난 지금 어디로 가고 있는 걸까? 어디로 가야 하는 걸까? 지금 걷고 있는 이 길이 맞는 걸까? 들려오는 대답은 없다.

무작정 걷던 동해는 문득 걸음을 멈추었다. 이대로 끝낼 수는 없었다. 이미 자신 때문에 죄 없는 사람들이 피를 봤다. 이대로 포기할 수는 없었다.

'하지만 방법이 없잖아.'

방법이 아주 없는 것은 아니었다. 진광은 이런 말을 했다.

"강해지고 싶어? 이기고 싶어? 그렇다면 좀 더 독해지는 게 좋을 거야. 정말로 상대방을 죽이겠다는 일념으로 임하란 말이다. 넌 너무 맹탕에 순둥이라서 그럴 수 있을까 의문이 들지만 말이야."

방법이란, 놈들보다 더욱 악독해지는 것이다. 선한 방법, 옳은 방법으로는 나쁜 녀석들을 상대할 수 없었다.

죽기 아니면 살기로, 무슨 짓이라도 하겠다는 마음가짐으로 임했다면 지금과 같은 결과는 나오지 않았을 것이다.

다만 그럴 용기가 없었고 그러면 안 된다는 순진한 생각 때문에 일을 그르쳤다. 동해는 계속 생각했다.

'정말로 악독해지면 악으로 악을 이길 수 있는 걸까? 그 방법밖에 없는 걸까?'

고민을 하면서 동해는 주머니에서 마스크를 꺼냈다. 천천히 마스크를 입에 썼고 머리 위로 후드를 덮었다.

'놈들보다 더 악해지면 정말로 이길 수 있을까?'

거리를 걷던 사람들은 한참이나 지난 후에야 나이트 후드가 바로 자신들 곁에 있음을 깨달았다. 누군가는 당황하였고 또 누군가는 곧장 휴대폰을 꺼내 들었다.

"야, 저기 좀 봐봐. 나이트 후드야!"

"에이. 아니겠지? 코스프레 같은 거 아니야?"

"키도 비슷한데?"

"비슷하긴 하다."

"야, 비슷하긴 뭐가 비슷하냐. 솔직히 나이트 후드 그거 마스크랑 후드만 쓰면 다 따라하는 거 아니야?"

"암튼 닮긴 닮았잖아."

사람들은 예전처럼 신기해하기 보다는 살짝 경계하고 있었다. 휴대폰을 만지작거리며 경찰에 신고해야 하나 말아야 하나 고민하는 사람조차 있었다. 예전 같으면 보이지 않았을 행동이다. 나이트 후드의 주변으로 사람들이 하나둘 몰려들었다. 그럼에도 그는 조금도 움직이지 않았다.

"흐음."

나이트 후드가 천천히 옆으로 이동했다.

"뭐지?"

"뭔가 하려나 봐."

나이트 후드는 갓길에 세워진 자동차 쪽으로 걸어갔다. 구입할 자동차를 살피는 사람처럼 자동차를 이리저리 확인하던 나이트 후드는 돌연 자동차를 걷어찼다.

콰직!

기를 한껏 실어 날린 발차기였다. 자동차의 측면이 크게 찌그러졌고 반대편 인도까지 넘어가 벽에 부딪쳤다.

거기서 만족하지 못한 나이트 후드는 근처에 있는 가로수에 주먹을 꽂았다. 그의 주먹에 굵은 나무 기둥이 꺾이며 도로로 쓰러졌다.

그때서야 위협을 느낀 사람들은 뒷걸음질을 치다가 이내 도망쳤다.

"……."

나이트 후드는 스스로 벌인 짓이 웃기는지 허탈하게 웃었다. 웃으면서 파괴 행위를 멈추지 않았다. 다른 사람들은 모두 도망갔지만 한 여성이 제 발에 걸려 넘어져 도망치지 못하고 있었다. 나이트 후드는 겁에 질린 여성에게 가까이 다가가 말했다. 두 눈을 똑바로 마주치며.

"경찰에 신고하세요."

그녀는 울먹거리며 더듬더듬 휴대폰을 꺼냈다.

얼마 지나지 않아 경찰들이 출동했다.

그러기까지 딱 5분.

5분도 지나지 않은 사이 나이트 후드는 거리를 완전히 난장판으로 만들어 놓은 후였다.

나이트 후드의 행패에 거리 사람들은 물론 주변에서 장사를 하던 사람들도 건물과 가판을 버리고 멀찌감치 피신한 뒤였다.

도로 역시 망가진 자동차들로 사거리가 완전히 막혀 있었다. 그에 경찰들도 차를 멀찌감치 세우고 직접 달려서 현장에 접근해야 했다.

상대는 일개 강도나 범죄자 정도가 아니었다. 보는 바와 같이 마음만 먹으면 거리 하나를 점거할 정도로 강력한 힘을 지닌 능력자다.

그만큼 대동한 경찰들의 숫자도 많았다. 경찰들은 거리에 버려진 자동차들 사이로 몸을 숨기며 권총을 조준했다.

"나, 나이트 후드는 들어라. 지금 당장 손을 들고 투항하라. 그렇지 않으면 발포하겠다. 지금 오십여 명가량의 경찰들이 너를 조준하고 있다. 너는 보통 인간이 아닌 바, 움직이는 즉시 실탄을 발포하겠다. 이것은 경고다."

"하아."

나이트 후드는 핼쑥해진 표정으로 경찰들을 둘러보았다. 주변에 경찰들이 사방을 포위하고 있었다.

"발포? 한 번 해 봐요. 해 보라고요."

나이트 후드는 어쩔 거냐는 식으로 옆에 있는 전신주를 후려쳤다. 전신주의 허리가 일격에 부러지며 옆으로 쓰러졌다.

전신주의 머리 부분에 달려 있던 변압기가 바닥에 떨어지며 폭발했다. 동시에 전깃줄을 지탱하고 있던 애자도 부서져 고압선이 꼬이고 찢어지며 사방에 불똥을 튀겼다.

"아앗!"

경찰들은 눈이 시릴 만큼 거대한 스파크에 자동차 뒤로 몸을 숨겼다. 자동차에 바짝 붙었다가 아차 싶어 차로부터 멀어졌다.

바닥에 고압선이 불똥을 튕기며 뱀처럼 기어 다니고 있다. 차는 전도체이므로 자칫 감전될 수 있었다. 그래도 경찰이라나 몰라라 현장에서 도망칠 수는 없었다.

"쏘세요. 망설이지 말고 쏘라고요. 할 수 있다면요."

나이트 후드는 망설이지 않고 공격을 감행했다. 그들이 등지고 있는 자동차를 걷어찼고 밀쳐냈다. 두 발로 차를 짓뭉개 고철덩어리로 만들었다.

거침없이 몰아치는 나이트 후드의 공격에 경찰들은 총을 들고는 있었지만 미처 쏠 틈이 없었다. 포위한 것까지는 좋았으나 사방에 고려해야 할 것들이 너무 많았다. 잘못 쐈다가는 같은 경찰이 맞을 수도 있기 때문이다.

나이트 후드는 바로 그 점을 공략했다. 총이라는 건 빠르고 멀리 날아간다. 그리고 목표물을 맞추더라도, 자칫 관통하여 건너편까지 날아갈 수 있는 게 바로 총이라는 물건이다.

또한 대한민국 경찰들이 사격 훈련을 했을지라도 실전 경험은 부족했다. 표적지에나 몇 번 맞춰 보았지 나이트 후드처럼 실제로 움직이는 사람에게는 백이면 백 쏴 본 경험이 없다. 게다가 그가 이리저리 움직이니 섣불리 총을 쏠 수가 없었다.

나이트 후드는 쩔쩔매는 한 경찰에게 다가갔다. 냉큼 총을 뺏고는 허공을 향해 방아쇠를 당겼다.

탕!

총구 끝에서 불꽃이 튀며 어두운 밤하늘을 뒤흔들었다. 바닥에 엎드린 경찰은 두려움에 벌벌 떨었으며 저항할 낌새조차 보이지 않았다.

그때, 나이트 후드가 뭔가를 느낀 듯 헛웃음을 지었다. 그리고 뒤를 돌았다.

"드디어 나타났군."

나이트 후드의 뒤에는 그가 도착해 있었다. 임진광. 숙적이라는 단어가 매우 잘 어울리는 남자다.

아이러니한 구도였다. 나이트 후드는 영웅으로 시작하였고 그 마음은 지금도 변치 않았다. 하지만 자신은 복잡한 사정에 의해 악당이 되었다.

그리고 마음속에 나쁜 의도가 가득한 임진광이 현재 사람들에게 칭송을 받는 영웅이다. 영웅이 된 악당이, 악당이 된 영웅을 막으러 온 것이다. 경찰들은 진광의 등장에 안도했다. 그가 말했다.

"경찰 여러분들 이제 걱정 마세요. 제가 놈을 막겠습니다. 그러니 함부로 발포하지 마세요."

"막을 수 있겠소?"

"하하, 한 번 해 봐야겠죠."

진광이 나이트 후드에게 말을 건네려는 찰나, 나이트 후드는 들고 있던 권총을 겨누었다.

"어?"

그리곤 그가 뭐라 말을 꺼내기도 전에 방아쇠를 당겼다.

탕탕탕!

나이트 후드는 어금니를 꽉 깨물며 있는 탄환을 모두 쏘아 부었다. 하지만 진광의 손짓 몇 번에 사격은 모두 허사로 돌아갔다. 진광은 손에 쥔 총알을 바닥에 떨어트렸다.

"얼씨구? 정말로 악당이 되시려고?"

"그래. 네놈을, 네놈들을 막을 수만 있다면 이젠 무슨 짓이든 하겠어."

"꽤 마음을 단단히 먹은 것 같군. 하지만 내가 봤을 땐 아직도 한참 모자라. 사람에게 총을 쏘려거든 머리에 쏴야지. 왜 배나 가슴을 노리지? 넌 아직도 확신이 없는 거야."

"......"

진광은 코끝을 긁적이며 너스레를 떨었다.

"아닌가? 아직 군대도 안 갔다 와서 그냥 조준이 엉성한 것뿐이려나."

나이트 후드는 총알을 다 쓴 권총을 진광에게 던졌다. 더 이상의 대화는 필요 없었다. 나이트 후드는 전력을 다해 진광에게 덤볐다.

"조금 달라졌는걸?"

"조금이 아니야!"

나이트 후드의 팔과 다리가 창처럼 찌르고 들어갔다. 진광은 가볍게 막거나 피하며 약을 올렸다.

"그게 다야? 좀 더 해보라고."

"죽여 버리겠어! 그 아이와 연관된 자식들은 다 죽여 버릴 거야!"

"하하하."

소극적으로 싸움에 임하던 진광은 나이트 후드에게 반격을 시도했다. 공격이 날아들자 나이트 후드는 경찰들 틈으로 이동했다.

"뭐야?"

공격을 퍼부으려던 진광은 당황하여 주먹을 거두었다. 순간 흥분하여 망각하고 있었는데 일단 자신은 영웅 행세를 하고 있다.

자신의 공격에 경찰이 휘말려서는 안 됐다. 나이트 후드는 바로 그 점을 교활하게 이용하고 있었다. 진광이 우물쭈물하는 사이 나이트 후드의 공격이 진광에게 먹혀들었다.

"큭. 제법 약삭빨라졌군그래."

나이트 후드는 그저 노려보기만 할 뿐 대답하지 않았다. 대답 대신 바닥에 엎드려 있는 경찰의 멱살을 휘어잡았다. 그리고는 짐짝이라도 되는 것처럼 진광을 향해 집어던졌다.

피하려던 진광은 아차 싶어 떨어지는 경찰을 받았다. 그가 안전하게 경찰을 받는 사이 나이트 후드는 다시 공격했다. 진광의 등을 걷어찼고 그와 경찰은 바닥을 굴렀다.

"하! 이거 정말 짜증나네."

경찰들을 방패 삼아 짤막짤막하게 공격을 이어오는 나이트 후드. 진광은 슬슬 인내심의 한계를 느끼고 있었다.

생각 같아서는 영웅이고 나발이고 주변을 초토화시켜서라도 나이트 후드를 제압하고 싶었다.

하지만 그러기에는 자신이 누리고 있는 것들이 너무나도 아까웠다. 공들여 쌓은 탑을 고작 한 녀석 때문에 잃고 싶지는 않았다. 묵묵히 싸움만 하던 나이트 후드가 입을 열었다.

"왜 그랬냐."

"왜 그랬냐니, 뭐가?"

"이 일과 상관없는 사람들인데, 도대체 왜 그딴 짓을 한 거지?"

진광은 뺨을 긁적이다가 손뼉을 쳤다.

"아아. 무슨 말을 하나 했더니 그걸 말하는 거였군. 내가 준비한 깜짝 선물이지. 어때, 마음에 들었어?"

"너도 똑같이 만들어 줄게. 평생을 후회하면서 살도록. 똑같은 고통을 심어 줄 거야. 이 개자식아."

"해 봐."

진광은 여유를 부렸다.

"할 수 있다면 말이야."

진광은 비열하게 웃으며 달려들었다.

*　　　*　　　*

갑작스런 불량배들의 습격으로 철광은 또 병원에 입원해야 했다. 올해만 해도 벌써 세 번째 입원이다. 철광은 나이가 들어서 소싯적 힘을 못 쓰는 노친네 같은 기분을 느껴야 했다.

비록 입원을 했다만 그래도 기분은 좋았다. 병원 핑계로 학교를 쉬어도 됐기 때문이다. 그리고 또 하나, 아현이 병문안을 와 주었다는 사실에 그의 기분은 날아갈 것 같았다.

철광은 뺨에 큼지막한 거즈를 붙이고 양손에는 붕대를 칭칭 감고 있었다. 꼴이 그런지라 밥도 남이 먹여 줘야 했다. 본래는 간호사가 해야 할 일이었지만, 아현은 마침 자신이 병문안도 왔으니 직접 하겠다고 나선 참이다.

"자, 꼭꼭 씹어 먹어야 해."

"으응."

철광은 얼굴이 잔뜩 붉어져서는 웅얼웅얼 대답했다. 썩 나쁘기만 한 것은 아니었다. 가볍지 않은 부상을 입었지만 어쨌든 자신이 크게 활약했다는 사실에 묘한 자부심이 들었다. 철광은 도장에서 있었던 싸움을 떠올리며 가슴이 설레었다.

기둥 뒤에서 벌벌 떨던 태수, 그리고 겁에 질려 오직 자신만을 바라보던 아현, 힘겹게 맞서는 멋진 자신의 모습.

그 순간만큼은 주인공이 된 듯한 기분이었다. 마지막에는 결국 '다른 이'의 도움을 받긴 했지만 말이다.

'그나저나 그 할아버지는 대체 정체가 뭐야? 엄청 잘 싸우던데. 깜짝 놀랐단 말이지.'

골똘히 생각에 잠긴 철광을 보며 아현이 물었다.

"철광아, 무슨 생각해?"

"응? 아니야. 아무 생각도 안 했어."

철광은 얼버무리며 아현이 떠 주는 밥을 꿀떡꿀떡 넘겼다. 그렇게 식사가 다 끝나고, 아현은 슬슬 집으로 돌아갈 준비를 했다.

"어?"

창을 통해 밖을 살피던 아현이 눈을 동그랗게 떴다.

"무슨 일인데?"

그녀를 따라 창밖을 살피는 철광. 창 너머로 빗방울이 떨어지고 있었다.

"비 오네."

"그러게. 아현아, 너 우산 가지고 왔어?"

아현은 고개를 저었다. 그녀는 걱정스러운 표정으로 계속 창밖을 살폈다.

"갑자기 밤에 비가 오네. 뭔가 불길하다."

*   *   *

"하앗!"

나이트 후드와 진광은 서로 뒤엉켜 바닥을 뒹굴었다. 싸움이 지속되면서 둘의 꼴은 말이 아니었다. 먼지와 흙이 묻고, 피부가 찢어지고 피가 흘렀다.

거기다가 비까지 내려서 속옷까지 흠뻑 젖어 버렸다. 두 사람은 그런 것 따위 개의치 않고 계속 공격과 방어를 주고받았다.

두 사람은 마치 세상에 단둘이 있다고 여기는 것처럼 주변을 개의치 않았다. 날아가고, 날리고, 뒹굴고, 주변의 기물을 파손했다. 그만큼 싸움은 격렬했고 무자비했다. 계속 이동하며 싸우다 보니 처음 만났던 다리 위까지 이동했다.

"제법이군! 썩 마음에 들어! 그래, 진작 이렇게 나왔어야지!"

"주둥이 다물어. 그렇게 신 나게 떠들다가 고등학생한테

맞으면 기분이 좋나 보지?"

"새끼, 말하는 거 하고는."

진광은 얼굴을 적시는 빗물을 닦아냈다. 입은 웃고 있었지만 속까지 웃지는 못했다. 나이트 후드의 기세가 전과는 많이 달랐기 때문이다.

진광의 주먹이 나이트 후드의 안면에 직격했다. 얼굴을 정통으로 얻어맞은 나이트 후드는 즉시 그의 팔을 붙잡았다. 진광을 붙잡아 끌어당겼고 함께 허공을 날았다. 그리고 착지할 때 진광을 밑에 깔았다.

"쿨럭!"

갈아 버리듯 그의 얼굴을 도로 위 아스팔트에 뭉갰다. 진광은 신음하며 발차기로 나이트 후드를 밀어냈다.

"개자식이, 오냐오냐하니까 아주 눈에 뵈는 게 없구나!"

"죽여 버릴 거야! 널 죽일 거라고!"

진광의 주먹이 나이트 후드의 복부에 꽂혔다. 나이트 후드의 무릎이 진광의 턱을 올려 쳤다. 진광의 팔꿈치가 나이트 후드의 정수리를 찍었다.

나이트 후드의 발차기가 진광의 뺨을 때렸다. 진광의 박치기가 나이트 후드의 이마에 명중했다. 나이트 후드의 발이 진광의 발등을 짓밟았다. 진광의 주먹이, 그리고 나이트 후드의 주먹이 서로의 뺨에 격돌했다.

퍼억!

충격은 나이트 후드가 더욱 심하게 받았다. 심한 타격을
받은 나이트 후드는 비틀거렸고 진광은 그 틈을 파고들었다.
진광의 손이 우악스럽게 나이트 후드의 목을 졸랐다.

"으윽!"

과격한 힘에 목이 졸리자 나이트 후드는 손을 뻗었다. 잠
시 그의 얼굴을 더듬던 나이트 후드는 진광의 눈을 후볐다.

"끄악!"

정확히는 오른쪽 눈이었다. 살짝 찌르는 정도가 아니라 깊
숙이 찔러 넣었다. 생전 처음 느껴 보는 고통에 진광은 몸부
림치며 물러섰다.

"개자식! 이 개자식아! 끄아아!"

진광은 오른 눈에서 피를 철철 흘리며 욕을 쏟아 부었다.
바닥에는 뽑혀 나간 눈동자가 덩그러니 떨어져 있었다. 분노
한 진광은 자신의 눈알을 짓밟았다.

"어때? 마음에 드냐!"

"이 새끼가! 크흑!"

아무리 진광이라도 한쪽 눈을 잃은 상태에서는 별수 없었
다. 통증에 정신을 차릴 수 없었고 원근감이 떨어져서 제대로
공격도, 방어도 할 수 없었다. 눈 하나를 잃음에 완전히 무방
비해졌다.

"다 네가 한 짓이야! 똑바로 느껴 봐! 네놈이 다른 사람들
에게 했던 짓, 고통! 어디 한 번 똑같이 느껴 보라고!"

나이트 후드는 바닥에 쓰러진 진광의 발목을 밟았다.

콰직!

강력한 찍기에 순식간에 다리뼈가 부러졌다.

"끄아악!"

"이젠 봐주지 않겠어. 천하의 나쁜 새끼들은 모두 죽어야 해. 사정 봐주고 법대로 하고, 그딴 거 다 필요 없어. 모두 죽어야 해. 모조리 쳐 죽여야 한다고!"

나이트 후드의 발이 진광의 오른 손목을 짓밟았다.

콰직!

"끄악!"

진광의 패배였다. 한쪽 눈과 한쪽 다리, 그리고 한쪽 팔을 잃었다. 그는 완전히 전의를 상실한 채 고통에 울부짖었다. 동시에 하늘에서 천둥벼락이 내리쳤고 바람이 휘몰아쳤다. 빗줄기가 더욱 거세졌다.

검은 기운에 둘러싸인 나이트 후드의 머리와 등 뒤로 김이 뿜어져 나왔다. 비가 그의 피부가 닿자마자 증발했다.

진광은 반쯤 정신을 놓고서 중얼거렸다.

"으아…… 내가 잘못했어! 크으."

진광은 패배를 시인했다.

"내가, 내가 잘못했다! 그러니 제발, 봐줘…… 끄으윽. 주, 죽이지 마……"

"웃기지 마. 봐 달라고? 뭘 봐 달라는 거야. 피해를 받은 사람이 용서해 줄 준비가 안 됐는데. 무작정 사과하면 다 받아 줘야 해? 네놈은 그럴 자격이 없어. 사과할 자격조차 없는 개새끼야!"

나이트 후드는 용서 대신 진광의 가슴팍을 밟았다.

"쿨럭!"

검은 기운에 잠식되며 나이트 후드의 코에서 피가 흘렀다. 안색이 파리해졌으며 입술은 보라색으로 변색된 지 오래였다.

어두운 기운을 끌어다 쓰는 만큼 급속도로 몸이 나빠지고 있었다. 허나 그는 멈추지 않았다. 오른손에 잔뜩 기를 우겨담았다.

"사, 살려 줘…… 제발. 죽고 싶지 않아… 크흑. 안 그럴 게. 힘도 돈도 다 포기할 테니 제발 목숨만은 살려 줘……."

"지옥에나 떨어져라, 개 같은 새끼야."

나이트 후드는. 아니, 동해는 생각했다. 진광의 머리를 박살내기 일보직전, 갑자기 이전까지 있었던 일들이 주마등처럼 스치고 지났다.

철광과의 싸움, 서림과의 싸움, 나이트 라이더 폭주족들과의 싸움, 그리고 성주와의 싸움. 모두 잘못된 생각으로 비뚤어져 있었다. 아주 작은 엇갈림이 지속적으로 뻗어 나가다 보니 결국 서로 닿을 수 없게 된 것이다.

하지만 그런 결과를 그들이 처음부터 원했던 것도 아니고, 각자의 사정이 있었다. 누구는 폭력에 대한 우월감, 누구는 배신감 등등. 즉, 완전히 나쁜 녀석들이 아니었다는 의미다.

때문에 동해는 그들에 대해 알고자 했고, 그들이 엇나가기 전의 모습으로 돌아올 수 있다는 마음으로 싸움에 임했다. 처음부터 나쁜 사람은 없다는 믿음으로.

하지만 벼리 사건 이후로 상황이 바뀌었다. 더 이상 어린애들 싸움은 없었다. 방황이 아니라 자신의 욕심 때문에 남을 속이고 죽이기까지 하는 세계에 진입한 것이다.

그건 엇나가서 삐뚤어져 버린 것과는 다르게 자신의 이득을 위해서라면 무슨 짓이든 할 준비가 되어 자들, 악당이었다.

동해는 생각했다. 과연 그런 녀석들에게 자비를 베풀 이유가 있는 걸까? 벼리가 속해 있었던 소속사 사장만 해도 한 번 더 준 기회를 차 버리고 다시 교활한 계획을 꾸몄다. 용서를 복수로 갚은 셈이다.

진짜 나쁜 새끼들을 과연 용서할 가치가 있는 걸까?

"살려 줘!"

"죽어 버려!"

나이트 후드는 정말로 죽일 심산으로 주먹을 내질렀다.

꽈악!

진광은 눈을 질끈 감았다. 하지만 시간이 지나도 고통은 느껴지지 않았다. 원래대로라면 나이트 후드의 주먹은 진광의 코뼈, 이빨, 광대뼈를 박살냈을 것이다. 하지만 그런 일은 일어나지 않았다. 나이트 후드가 왼손으로 가까스로 뻗어 나가는 오른손을 붙잡았기 때문이다.

"으아아!"

나이트 후드는 괴성을 지르며 가슴을 쥐어뜯었다. 자학을 한다거나 옷을 찢는 게 아니었다. 가슴속 깊숙이 파고들어 있는 검은 기운을 뽑아냈다.

"젠장! 꺼져 버려! 날 내버려 두라고! 내 안에서 나가!"

몇 겹의 옷을 벗듯 나이트 후드는 비틀거리며 몸부림쳤다. 후드를 벗어 버리고 마스크도 찢어 발겼다. 그렇게 검은 기운을 뽑아낸 동해는 울먹이듯이 말했다.

"……널 용서하는 게 아니야. 다만 죽이지 않는다. 그것뿐이야."

"크흑. 고, 고마워…… 큭."

동해는 끝끝내 진광을 죽이지 않았다. 아니, 죽이지 못했다. 아무리 분노하고 사람을 증오한다 해도 결국 동해는 열여덟 살 소년. 사람을 죽일 수 없다. 사람을 죽이면 안 된다는 너무나도 당연한 생각이 그를 멈추게 했다.

그것이 옳다거나 착하다거나 따위가 아니라, 그건 너무나도 당연했기 때문이다. 사람을 죽이기엔 그의 마음이 너무나도 여렸다. 정말로 악독해지겠다고 행동했지만 억지로 흉내내는 것에 불과했다.

동해는 잠시 주변을 둘러보았다. 한적한 다리 위. 몇 대의 차량이 널브러져 있었으며 멀리서 경찰차의 경보음이 들려오고 있었다.

하늘에서는 억수같이 비를 뿌리고 있었으며 간간히 천둥과 번개가 몰아쳤다. 그 천둥소리가 마치 종소리처럼 들리었다.

"고마워…… 고마워……."

"닥쳐."

"고맙다고."

진광은 두 손으로 얼굴을 가리며 흐느끼고 있었다. 그런데 그 흐느낌이 돌연 웃음으로 변했다. 동해가 이상한 낌새를 눈치채는 즉시 진광은 무사한 오른 다리를 움직였다. 바로 앞에 서 있는 동해의 무릎을 걷어찼다.

"아악!"

회심의 일격에 동해의 무릎이 반대로 꺾였다. 예기치 못한 공격이었다. 동해는 비명을 지르며 넘어졌고 진광은 비틀거리며 한쪽 다리로 일어났다. 순식간에 전세가 역전되자 진광은 본색을 드러냈다.

"뭐, 병신아? 죽이지 않을 뿐이라고? 웃기고 있네. 내가 말했지. 쿨럭. 날 이기려거든 훨씬 더 악독해질 필요가 있다고!"

"이, 이 자식."

진광은 왼손에 기를 충전했다.

"내가 보여 줄게. 세상의 쓴맛이라는 게 뭔지 말이야. 애새끼가 겁도 없이 어른에게! 개기면 어떻게 되는지 말이야!"

진광은 가득 담은 기를 쓰러진 동해의 단전에 찔러 넣었다.

"커헉!"

아랫배를 공격당한 동해의 두 눈과 귀, 코, 그리고 입에서 피가 뿜어져 나왔다.

"하하하! 병신아, 단전 파괴라는 거다. 기를 모으려거든 시간이 필요했는데 마침 네놈이 알아서 시간을 벌어 주는구나. 크하하!"

진광은 쓰러져 정신 못 차리는 동해의 머리채를 부여잡았다. 그리고 귓가에 속삭였다.

"넌 이제부터 보통 사람이야. 우연히 얻었던 그 힘들, 이제부터는 더 이상 네 것이 아니란 말이다."

당했다. 또 당해 버렸다. 저번에 기획사 사장에게 당했던 것처럼 또 당해 버린 것이다. 차오르는 분노를 짓누르고 악인을 용서했건만 결국 그것이 화를 불러 일으켰다. 이 싸움은 용서가 허락되는 싸움이 아니었다. 그것이 세상이고 현실이다.

진광은 그대로 동해를 멀찌감치 집어던졌다. 훌쩍 날아간 동해는 난간에 부딪쳤고, 그대로 난간을 부수며 다리 밖으로 튕겨져 나갔다.

"어랍쇼? 너무 힘을 줘 버렸네."

진광은 비틀거리며 난간이 떨어져 나간 쪽으로 다가갔다. 동해의 몸은 무력하게 떨어져 강 속으로 추락했다.

"아무래도 상관없겠지. 정신을 잃은 상태에서 떨어졌으니 죽었으려나? 킬킬."

진광은 어둡고 차가운 강물을 내려다보며 침을 뱉었다.

하늘에서 내리는 비는 멈출 줄을 몰랐다. 오열하듯 빗물을 뿌렸고 비명을 지르듯 천둥을 터트렸다.

*   *   *

며칠 뒤, 일출 고등학교의 수업 시간.

교사는 칠판에 수업 내용을 적었고 학생들은 그 내용을 노트에 고스란히 따라 적었다. 아현 역시 칠판의 내용을 받아 적고 있었다.

그러다가 뚝, 볼펜을 멈추었다. 슬금 주변을 둘러보고는 깊게 한숨을 쉬었다.

신이나는 유학을 갔다. 철광은 불미스러운 일로 병원에 입원했다. 별로 친한 사이는 아니었지만 성주가 사망했다는 소식을 접했다. 그 성주가 능력자였다는 예상치 못한 이야기까지. 그리고 동해 또한 무슨 일이 생긴 건지 학교를 나오지 않았다.

아현은 자꾸 주변에 안 좋은 일들이 늘어나는 것만 같아 괜히 걱정이 됐다. 수업 시간에 도무지 집중이 되지 않았으며 공부도 손에 잡히지 않았다. 앞으로 더욱 안 좋은 일이 일어날 것 같은 이유 없는 불길함마저 들었다.

수업이 전부 끝나고. 아현은 피곤한지 눈을 비비고는 책상에 엎드렸다. 잠깐이나마 눈을 붙여 볼까 생각을 했는데 갑자기 교실이 소란스러워졌다. 원래 쉬는 시간이 되면 시끄러웠지만 이번 건 특히 더 그랬다.

"야야! 특종이야, 특종!"

"뭔데, 뭔데."

"나이트 후드 정체가 인터넷에 떴어!"

"진짜!?"

한 학생이 그리 말하자 그 주변으로 다른 학생들이 모여들었다. 그 소리에 눈을 감고 있던 아현은 눈을 번쩍 떴다. 그리곤 슬그머니 해당 학생의 곁으로 다가갔다.

"이거 좀 봐봐."

남학생은 휴대폰으로 인터넷 동영상을 재생시켰다. 어떤 자동차의 블랙박스 영상이었다. 한밤중이었고 도로는 한적했다. 자동차는 제법 속도를 냈고 죽 직진하다가 돌연 사람을 쳤다.

"어, 뭐야."

갑작스런 추돌 사고에 영상을 보던 학생들은 인상을 찌푸리며 놀라워했다.

"저거 동해 아니야?"

몇몇 학생들이 동해를 알아보았다. 아현 역시 동해를 알아

보고는 눈을 크게 떴다.

"그냥 교통사고 영상인데? 뭐가 나이트 후드의 정체라는 거야?"

영상은 계속되었다. 자동차에 받혔던 동해가 비틀거리며 일어나고 목 뒤에 있던 후드를 걸쳤다. 주머니 속에서 주섬주섬 뭔가를 꺼내 입을 가렸다. 마스크였다.

동해가 착용한 복장은 평소 나이트 후드의 복장 그 모습 그대로였다. 나이트 후드로 복장을 갈아입은 동해는 괴력을 발휘해 자동차의 문을 뜯어냈다.

〈괜찮으세요?〉

동영상이 끝나고 일순간 교실이 숙연해졌다. 다들 서로 얼굴을 쳐다보며 침묵했다. 사실 동영상을 발견한 아이 역시 동영상에 대한 신뢰는 없었다.

그저 반 친구들의 관심이나 조금 끌어 보자고 가지고 온 건데, 그 영상은 진짜였다. 그리고 자신이 알고 있던 사람이 나이트 후드였다는 사실에 말문이 막혀 버렸다. 아현 역시 무어라 말을 꺼낼 수가 없었다.

'말도 안 돼……!'

아현은 고개를 절레절레 저었다.

*   *   *

동진.

동해의 아버지 이름이다. 동진은 야간 일을 끝마치고 집으로 향하고 있었다. 두 눈은 퀭했으며 등은 구부정했다. 피곤함이 머리 위와 어깨, 등에 달라붙어 온몸을 무겁게 하는 듯했다.

동진의 머릿속은 얼른 집에 들어가 잠이나 잘 생각밖에 없었다. 야간 일도 한두 달이지 몇 년째 지속하다 보니 가끔은 지금 이게 잠들어서 꿈속인 건지 아니면 현실인 건지 분간하기 힘들 때도 있었다.

야간에 깨어 있고 낮에 자는 생활이 지속되다 보니 생체 리듬은 완전히 무너진 지 오래였다. 병원이라도 한 번 가 봐야 했지만 생활 형편상 그러긴 벅찼다. 그에게 하루 중 유일한 낙은 잠밖에 남아 있지 않았다.

한편으로는 아들인 동해에게 미안하기도 했다. 어머니도 형제, 남매도 없이 홀로 자라 혹시나 잘못되지는 않을까 하는 그런 걱정과 미안함.

집으로 돌아오다가 문득 떠오른 것이 있었다. 제법 오래 지났지만 올해 봄에 동해가 꺼냈던 이야기다. 도장에 다니고 싶은데 안 되겠냐고 쪽지로 물어봤었고 동진은 형편상 힘들 것 같다고 답장을 했다.

사실 집에 십만 원, 이십만 원이 없는 것은 아니었다. 다만 함부로 돈을 쓸 수 없다고 여겼던 것이다. 한동안 그것이 영

마음에 걸렸었다.

그리고 오늘, 동진은 큰맘 먹고 동해를 도장에 보내 주기로 마음먹었다.

"응?"

자신의 집 앞에 몇몇 사람들이 모여 있었다. 그들은 담배를 피우면서 자기네들끼리 잡담을 하고 있었다. 그러다가 동진을 발견하고는 급히 담배를 껐다. 동진은 눈썹을 씰룩거리며 물었다.

"뉘신데 남의 집에서 이러고 있습니까?"

사내들은 머뭇대다가 조심스레 입을 열었다.

"혹시 동해군의 아버지 되십니까?"

"우리 동해요? 그렇소만. 내가 동해 아버지요."

사내 중 하나가 경찰 배지를 꺼내 보여 주었다.

"경찰입니다. 잠시 이야기 좀 나눌 수 있을까요?"

동진은 피곤함이 싹 가신 얼굴로 입술을 떨었다. 경찰들에게서 들은 이야기는 마른하늘의 날벼락과도 같은 것이었다.

*   *   *

오후 일곱 시.

학교를 마친 태수는 그날도 어김없이 민철의 도장을 찾았다. 철광이 부상 때문에 병원에 입원하여 당분간은 홀로 도장을 찾아야 했다. 문득 공허한 기분을 느꼈지만 이내 태수는 생각을 고쳐먹었다.

'이 자식. 저번에 저 혼자 멋있는 척은 다 했겠다. 두고 봐. 이참에 혼자 수련을 받아서 널 뛰어넘어 주마. 지금보다 더욱 강해지겠어. 그러면 훗날 이나가 다시 나에게 돌아오겠지? 히히.'

혼자서 이런저런 망상을 하며 계단을 올라갔다.

"스승님, 저 왔습니다."

도장 안에는 싸한 분위기가 감돌았다.

"어라? 안 계시나?"

제자들에게는 시간 엄수를 그렇게나 강조하는 사람이었지만 정작 민철 본인은 시간을 그리 잘 엄수하지 않았다.

담배를 사러 간다거나, 피시방을 간다거나, 그것도 아니면 근처 편의점을 가서 아르바이트생과 잡담을 하며 자주 늦고는 했다.

그가 도장을 비우는 건 평소에도 잦았기 때문에 태수는 이상하게 생각하지 않고 기다리기로 했다.

그러기를 두 시간째. 답답해진 태수는 휴대폰으로 연락을 넣어 보았다. 하지만 통화 연결음이 길게 이어지기만 할 뿐 결국 연결이 되지 않았다.

"뭐야. 왜 연락도 안 받아?"

그때 도장의 문이 열리며 누군가가 들어왔다. 건물 주인인 박 씨 영감이었다. 바닥에 대자로 누워 있던 태수는 급히 자세를 갖추었다.

"안녕하세요."

"오냐. 그런데 너 여기서 뭐하고 있나?"

"사부님 기다리는데요."

박 씨 영감은 복잡한 표정을 지었다. 그리고 침을 꿀꺽 삼키더니 짧게 말했다.

"이만 돌아가라."

"네? 하지만 사부님 얼굴도 못 봤는데, 수련도 못 받았다고요."

"민철이 그 녀석 장사 접었다."

"그게 무슨 말씀이세요?"

태수의 물음에 박 씨 영감은 귀찮다는 듯 둘러댔다.

"그 녀석 여기 떠났다고. 그러니까 내일부터 안 와도 돼."

태수는 믿을 수 없다는 듯이 고개를 저었다.

"저한테는 아무 말도 없었는데요? 그게 무슨 말씀이세요. 왜 갑자기 도장을 그만둬요? 앞뒤가 안 맞잖아요."

"여하튼 그런 줄로 알고 썩 돌아가. 에휴, 망할 자식."

박 씨 영감은 툴툴거리며 위층으로 올라가 버렸다. 도장에 홀로 남은 태수는 머리를 긁적였다.

"뭐야. 왜 말도 없이 사라져? 그런 법이 어디 있어?"

＊　　　＊　　　＊

이곳은 민서가 입원해 있는 병원. 그녀는 자신의 침상에 앉아 멍하니 창밖을 바라보고 있었다. 창 너머로 보이는 건물과 자동차, 그리고 거리를 걷는 사람들을 무표정한 얼굴로 빤히 내려다보았다.

날씨는 맑았으며 바람은 따스하다. 절로 기분이 좋아지는 온도였다. 허나 민서의 표정은 밝지 않았다. 어둡다기보다는 오히려 감정을 상실한 듯한 얼굴이었다.

"민서 씨. 식사 시간이에요."

한 간호사가 식판을 들고 안으로 들어왔다. 그녀는 오늘의 날씨처럼 맑게 웃으며 민서를 대했다.

"오늘 기분은 좀 어때요? 전보다는 많이 나아진 것 같나요?"

민서는 어설프게 웃으며 대답을 회피했다. 그녀의 반쯤 경직된 표정에 간호사는 억지로 웃으면서 착잡한 기분을 피할 수가 없었다.

"저한테 아들이 있었다는 게 사실인가요?"

민서의 물음에 간호사는 난색을 표했다.

나민서. 그녀는 죽음의 기로에서 기적처럼 살아났지만 생명을 얻은 대신 기억을 잃었다. 불량배들이 습격했을 때 머리에 강한 충격을 받아서 기억상실증에 걸린 것이다.

그녀는 자신의 나이도, 사는 곳도 아무것도 기억해내지 못했다. 머리에 남아 있는 거라곤 살아가는 데 필요한 기본적인 상식 정도였다.

"잠시만 기다리세요."

간호사는 그리 말하며 밖에 나갔다 돌아왔다. 간호사 품에는 상자가 들려 있었다.

"부탁하신 물품들을 몇 개 가지고 왔어요."

"감사합니다."

간호사는 조용히 다시 밖으로 나갔다. 민서는 상자를 풀어 내용물을 확인했다. 안에는 몇 가지 물건들과 사진이 들어 있었다.

제일 처음 눈에 들어온 건 성주와 함께 찍은 사진들이었다. 성주는 엄마와 함께 사진 찍는 게 어색한지 미묘한 표정을 짓고 있었다. 반면 민서는 뭐가 그리 좋은지 해맑게 웃고 있었다. 둘의 대비되는 표정이 묘하게 웃음을 자아냈다.

"이건."

그 밑에 들어 있는 건 민철과 함께 찍은 사진이었다. 저번 여름에 같이 놀러가서 찍은 사진들. 민서는 사진을 한 장 한 장 유심히 살펴보았다.

민철과 함께 찍힌 자신의 모습에서는 미약하게 부끄러움이 담겨 있었다. 표정과 눈빛에서 그 점을 읽어낼 수 있었다. 그 표정만으로 둘이 어떤 관계였는지 민서는 대강 어림짐작했다.

'사랑하는 사이였을까?'

애인이었든 짝사랑이었든 간에 한 가지 의문이 남았다. 사진 속의 남자는 지금 어디서 뭘 하고 있을까란 의문.

애인이든 아니든 이 사진은 둘이 친밀한 사이라는 걸 증명했다. 하지만 민서가 병원에 입원해 있는 동안 그는 머리카락 한 올 비치지 않았다.

물건을 전부 확인한 민서는 상자에 도로 담았다. 그리고는 깊게 한숨을 쉬었다.

"모르겠어……."

그녀는 고개를 저었다. 아무리 봐도 기억나는 건 하나도 없었다. 아무런 감정의 동요도 일지 않았다.

*　　　*　　　*

동해는 깊은 꿈에 빠져 있었다.

그것은 깊고도 손을 뻗으면 닿을 듯 생생한 꿈이었다. 자신이 능력을 발휘해 악당들을 무찌르고, 그들을 다시 선하게 바꾸었다.

꿈속에서 철광은 애인이 생겼다. 철광의 입에서는 매일 웃음이 떠나지 않았으며 두 사람은 매우 잘 어울렸다. 서림은 소년원을 나와 다시 아현과 재회했다.

한때 방황하며 폭주족의 길을 걸었던 민주는 오디션 프로

그램에 도전해 일등을 했다. 민주의 친구인 준호는 뒤늦게 열심히 공부한 덕에 대학교에 입학할 수 있었다.

성주는 다방면에 뛰어난 재능과 친화력을 바탕으로 대기업에 취직했다. 아버지의 회사에서도 스카우트 제의가 들어왔지만 결국 거절했다.

민철은 민서와 수상한 낌새를 보이는가 싶더니 결국 결혼식을 올렸다. 유학을 갔던 이나는 다시 동해의 앞에 섰다.

그녀는 몇 년이나 지났음에도 그 성격 그대로였다. 다시 돌아왔음에도 태수는 크게 변한 건 없었고 결국 이나의 마음을 얻을 수는 없었다.

마지막으로 벼리. 그녀는 소속사를 바꾸어 다시 앨범을 냈고 전국적으로 대히트를 쳤다. 때마침 세계적으로 부는 K-POP, 한류 바람의 선봉에 서게 되며 일약 세계적인 대스타가 된다. 그들은 하나같이 동해를 바라보며 말했다.

"고마워, 네 덕분이야."

그렇게 모두가 행복하고 모든 것이 잘 될 것만 같았는데.

하지만 꿈은 꿈일 뿐. 잠에서 깸과 동시에 동해의 꿈은 거품처럼 사라졌다. 친구들의 웃음과 행복, 즐거움들, 밝았던 모든 미래들이 어둠처럼 사라졌다. 밑으로 가라앉았다.

"으음."

잠에서 깬 동해는 벌떡 상체를 일으켰다. 급히 몸을 일으
켰다가 다리에서 느껴지는 고통에 인상을 찌푸려야 했다. 고
통이 느껴진다는 건 죽지 않았다는 걸 의미한다. 동해는 아직
죽지 않았다.

"여긴?"

비좁은 방이었다. 벽지는 누렇게 물들어 있었으며 여기저기
벗겨진 곳도 많았다. 동해는 당황하여 주변을 둘러보았다.

"깼어?"

옆에는 한 소녀가 앉아 있었다. 머리카락은 파마를 한 것처
럼 구불구불했고 눈매가 날카로운 여자애였다. 그녀는 슬픈
듯 우울한 듯, 원망 섞인 눈을 하고 있었다. 동해는 당황하여
말을 더듬었다.

"너, 넌 누구야?"

그녀는 동해를 죽일 듯이 노려보며 말했다.

"한송이. 너 신성주 알지? 걔랑 아는 사이야."

"성주……"

성주의 이름이 나오자 동해의 얼굴이 파랗게 변했다.

"성주는 나한테 있어 친구 이상의 의미를 지니고 있어. 걔는
내 목숨을 구해 줬고 나를 다시 숨 쉬게 해 줬어. 그래. 영웅
이었어. 어떤 일로 학교를 그만뒀지만 그 아이가 도와줘서 편
의점에서 아르바이트를 하고 있었어. 성주는 내가 일할 때마
다 놀러 와서 이런저런 이야기를 해 줬어. 거기에는 너에 대한

이야기도 있어. 어차피 나는 성주가 검은 꼬리라는 사실을 알고 있었고, 그 외에 여러 가지 비밀을 알고 있었거든. 딱히 내게는 숨길 게 없었으니까."

송이의 이야기가 길어질수록 동해는 점점 목이 옥죄어 오는 느낌을 받았다. 입안의 침이 바싹바싹 말라 왔다.

"너라는 존재가 있다는 것, 그리고 네 이름이 동해라는 것, 동해 네가 성주의 크나큰 믿음을 받고 있다는 것, 그리고 바로 네가 나이트 후드라는 것까지. 모두 이야기해 줬어. 성주가 내게 한 말이 뭔지 알아? 나중에 널 소개시켜 준데. 그때 친하게 지내래. 너한테 무슨 일이 생기면 자신한테 일이 생긴 것처럼 도와주라고 그랬어. 그 말을 한 후에 성주가 어떻게 됐는지 알아?"

송이의 눈에서 굵은 눈물이 흘러내렸다.

"그리고 죽었어. 죽어 버렸다고. 하하. 다른 사람은 살리고 결국 자신은 죽어 버렸다고. 무슨 일이었는지는 최근에야 알게 됐어. 너랑 함께했던 계획에 대한 이야기는 듣지 못했거든."

돌연 송이의 손이 동해의 뺨을 때렸다.

"네가 죽인 거야!"

뺨을 맞은 동해는 고개를 푹 숙였다.

"너 때문에 죽은 거라고! 왜 그딴 일에 아무런 상관도 없는 사람까지 끌어들이는 건데! 왜! 너만 아니었으면 성주는 죽지 않아도 됐을 거야! 결론적으로 네가 죽인 거라고, 이 망할 자식아! 난 아직 성주에게 사과도 하지 못했어! 내가 잘못한 게 있는데 거기에 대해서 미안하다는 말도 못 했다고! 앞으로 영영 못 하겠지."

송이는 동해의 멱살을 잡고 이리저리 흔들었다. 그럴 때마다 눈물이 흩날렸고 눈물 한 방울이 동해의 뺨에 튀었다.

"됐어. 이제 끝났어. 성주의 말대로 널 도와줬으니 이제 된 거야. 그러니까 꺼져. 내 앞에 나타나지 마. 다시 내 눈에 보이면 그땐 널 죽여 버릴지도 모르니까. 꺼져 버려. 어디 밖에 나가서 굶어 죽든지 말든지 마음대로 해. 더 이상은 내 알 바 아니야."

동해는 고개를 푹 숙인 채 이불을 걷고 나왔다. 아직 다리가 완전히 나은 게 아니라 오른 다리를 절어야 했다.

"한 가지 알아 둬. 지금 TV고 인터넷이고 네 정체가 온통 까발려졌다고. 그러니까 집에 갈 생각은 꿈에도 하지 마."

동해가 밖으로 나가자 과격하게 철문이 닫혔다.

"하아."

아직 가을인데 날씨가 제법 선선하다. 동해는 팔짱을 끼고서 길을 걸었다. 걸으며 기를 끌어모아 봤지만 헛수고였다.

미약하게 기가 느껴지기는 했으나 그 양은 아예 활용이 불가능할 정도였다. 길을 걷다가 갓길에 세워진 자동차를 발견하고는 멈춰 섰다. 자동차의 유리창을 통해 동해는 자신의 모습을 살폈다.

"왜 이러지?"

흰머리가 잔뜩 늘어 있었다. 얼굴은 죽은 사람처럼 초췌했으며 너무나도 초라했다. 본인의 얼굴임에도 보기가 민망할 정도였다.

묵묵히 길을 걷던 중 경찰서가 나왔다. 동해는 혹시나 하는 마음에 벽에 세워진 게시판을 확인했다. 게시판에는 캠페인 포스터와 수배지가 나란히 붙어 있었다. 여러 수배자들 중에는 자신의 얼굴도 떡하니 인쇄돼 있었다.

"……"

어떻게 정체가 발각된 건지 영문을 모르는 동해였다. 멍하니 수배지를 보고 있는데 경찰서에서 제복을 입은 경찰들이 밖으로 나왔다. 동해는 깜짝 놀라서 얼른 다른 곳으로 자리를 피했다.

너무나도 절망적인 상황이었다. 모든 걸 잃었고 더 이상 할 수 있는 일이 없었다. 동해는 눈물을 참으며 도망치듯 길을 걸었다.

Battle 08

리턴즈

거리에는 눈이 소복하게 쌓여 있었다. 거리를 걷는 사람들의 복장도 그만큼 두툼해졌다. 숨을 쉴 때면 입과 코에서 하얀 김이 뿜어져 나왔다.

크리스마스 이브였다. 상가에 달린 스피커를 통해 크리스마스 캐럴이 흘러나왔으며, 음악은 거리의 분위기를 더욱 포근하게 했다.

거리를 걷는 연인들은 캐럴을 들으며 기분 좋게 미소 지었다. 그들에게 근심은 없어 보였다.

한 여인이 종종걸음으로 어딘가로 급히 향하고 있었다. 휴대폰을 통해 누군가와 대화를 하고 있다.

"지금 다 도착했어."

〈천천히 와. 아직 다 안 왔어.〉

전화를 끊은 그녀는 근처 2층에 위치한 술집으로 향했다. 계단을 밟고 올라가자 어지러운 술 냄새와 커다란 음악 소리가 확 풍겨져 나왔다. 그녀가 들어서자 구석의 테이블 쪽에서 한 남성이 손을 흔들었다.

"이쪽이야!"

"철광아!"

그녀를 기다리고 있던 건 철광이었다. 아현은 철광을 보자 반갑게 손을 흔들며 합석했다.

"진짜 오랜만이야. 잘 지냈니?"

"나야 뭐. 그럭저럭 지냈지. 그나저나 아현이 너 학원 강사로 들어갔다며? 축하한다."

"헤헤."

학생 시절보다 머리를 길게 길렀지만 특유의 쑥스러워하는 미소는 변함이 없었다. 철광은 턱수염을 쓰다듬으며 중얼거렸다.

"5년만인가?"

"그렇지. 너 진짜 많이 변했다."

성인이 된 철광은 전보다 몸이 더 좋아져 있었다. 골격이 더 벌어졌고 수염자국도 선명해져서 외국인에 가까운 모습이었다.

아현 역시 마찬가지였다. 몸매가 조금 더 여성스러워졌으며 머리카락도 길게 길러 전보다 성숙한 매력이 풍겼다.

철광은 예전의 마음을 잊지 못했는지 아현을 힐끔거리며 입이 찢어져라 웃었다.

아현은 주변을 둘러보고는 한마디 했다.

"아직 우리밖에 안 왔나 봐?"

"그러게. 하여간 이 자식들, 시간 아까운 걸 몰라요."

누군가가 말을 맞받아친다.

"이 자식? 많이 컸네, 박철광."

또 다른 누군가의 등장이었다. 의문의 사내의 등장에 아현은 굉장히 기뻐하였으며 반대로 철광은 살짝 위축되었다.

"서림아!"

아현은 주인 만난 강아지처럼 달려 나갔다. 서림은 그런 아현을 꽉 안아 주었다. 서림이 갑작스럽게 대범한 스킨십을 해 오자 아현은 얼굴이 붉어져서는 어쩔 줄을 몰라 했다. 세 사람은 테이블에 앉았다. 철광이 물었다.

"잘 지냈냐? 표정 보니 꽤 좋아 보인다?"

"큰 문제는 없으니까."

"요즘 뭐하고 지내냐?"

철광의 물음에 서림은 쉽게 대답하지 못하고 머뭇거렸다.

"지하철에서 일해."

"지하철이라니? 뜬금없이 무슨 지하철이야?"

서림이 대답을 안 하고 있자 아현이 대신 답해 주었다.

"응, 서림이 공익이거든. 지하철에서 근무한데."

공익이라는 말에 철광은 배꼽을 잡고 웃었다.

"푸하하! 공익이라고? 공익근무요원? 아하하! 천하의 한서림이 공익이라니. 그게 무슨 수치야."

"닥쳐라. 입을 찢어 버리기 전에."

"으하하!"

이때 또 다른 누군가가 찾아왔다.

"그래. 그만 좀 웃어라. 듣는 예비군 짜증나니까."

태수의 등장이었다. 태수는 학생 시절보다 더욱 짧은 머리를 하고 있었다. 매끈하던 피부도 거칠어졌고 묘하게 의상 센스도 나빴다.

아직 이십 대이건만 전체적으로 아저씨의 느낌이 났다. 이유는 간단했다. 바로 며칠 전에 전역했으니까. 태수는 불만 가득한 눈으로 철광을 향해 쏘아붙였다.

"박철광 씨. 그렇게 웃는 박철광 씨는 현역인가요, 아니면 공익인가요?"

태수의 물음에 이번에는 철광이 궁지에 몰린 얼굴이 되었다.

"나? 나, 그, 면제인데."

"이 자식이!"

서림과 태수가 동시에 달려들었다.

"그게, 나 허리가 안 좋아서 면제야. 디스크가 있거든. 나이 먹으면 엄청 고생할지도 모르는데."

"어휴, 나가 죽어라 죽어."

그렇게 남자 셋이 모이고 군대 이야기가 나오자 아현의 얼굴이 시무룩해졌다.

"이럴 때 보면 나도 남자로 태어났으면 한다니까. 군대 이야기 나오고 자기네들끼리 공감대 형성하는 거 보면 약간 부럽기도 하거든."

"……."

이야기의 최종 승자는 아현이었다. 현역도, 공익도, 면제도 여자 앞에선 무릎을 꿇어야 했다. 군대 이야기가 나오면 결국 승자는 여자일 수밖에.

술집 한쪽 벽면에는 TV가 매달려 있었다. TV에서는 한창 뉴스가 나오고 있었다.

"D그룹 회장 신대철 씨가 심장병으로 병원에 긴급 후송되었다는 소식입니다."

오랜만에 모인 세 사람은 그간 못 했던 이야기들을 풀어 놓았다. 아현은 학원 강사가 되었다. 그간 공부한 경험을 토대로 이제는 아이들을 가르치는 중이다.

철광은 할 줄 아는 게 몸 쓰는 일 뿐이라서 헬스 트레이 너 일을 하고 있다. 허리 디스크를 지닌 헬스 트레이너는 조금 문제가 있을지도 모르겠지만.

서림은 현재 공익근무요원으로 그 힘들다는 지하철에서 근무하고 있으며, 갓 전역한 태수는 백수다. 명백한 백수.

"아, 맞다."

철광이 말했다.

"그러고 보니 신이나 있잖아. 이제 슬슬 돌아올 때 되지 않았나? 4년 유학 마치면 돌아온다고 그랬잖아. 벌써 5년이나 지났는데 왜 소식이 없지? 김태수, 어떻게 된 거야?"

"나, 나도 연락 받은 게 없어."

태수는 민망한지 기어들어 가는 목소리로 답했다. 서림이 대화에 끼어들었다.

"어쩌면 안 돌아올 생각일지도 모르지."

"뭐, 인마?"

서림의 말에 태수가 발끈했다. 태수는 아직 자신과의 약속을 잊지 않았다. 그녀가 돌아오기 전까지 멋진 남자가 되겠다는 그 다짐을 말이다. 돌이켜 보면 딱히 완성된 것 같지는 않지만.

"동해 때문일까?"

아현의 말에 순간 테이블이 숙연해졌다. 아현은 계속 말했다.

"동해가 범죄자가 되어서 이나가 생각을 바꾼 걸 수도 있잖아. 결국 동해 때문에 유학 간 건데, 동해가 그렇게 돼 버려서."

철광이 말했다.

"동해 그 자식. 나한테까지 지가 나이트 후드였다는 사실을 숨겼다니. 쯧."

철광은 원망하는 듯 그립다는 투로 중얼거렸다. 이번에는 서림이 말했다.

"나는 솔직히 나이트 후드가 그 범죄들을 모두 저질렀다고 생각 안 해. 분명 뭔가가 있을 거야."

태수가 말했다.

"있긴 뭐가 있냐."

"내가 그 동해라는 녀석에 대해 아는 건 없어. 하지만 예전에 싸울 때 느낀 게 있단 말이야."

"뭘 느꼈는데?"

"이 자식은 정말 멍청할 정도로 착하구나라는 사실 말이야. 그런데 이유도 없이 사람 폭행하고 그럴 리가 없잖아? 그건 아현이나 철광이가 더 잘 알잖아. 안 그래?"

철광과 아현은 시무룩한 표정으로 고개를 끄덕였다. 태수도 거기에 대해서는 군말하지 않았다.

"맞아. 그 자식, 얼간이처럼 착했지."

세간에 알려진 나이트 후드는 이제 더 이상 영웅이 아니었다. '영웅으로 시작했지만 스스로 제어하지 못하고 폭력을 남용한 범죄자'가 현재 나이트 후드에 대한 대략적인 평이다.

술잔을 바라보며 아현이 웅얼거렸다.

"동해는 지금 어디에 있을까?"

여기에 있는 네 사람 모두 나이트 후드와 특별한 인연이 있는 사이였다. 아현은 나이트 후드 덕에 위기를 넘겼으며 철광과 서림은 한때 삐뚤어졌던 마음을 고쳐먹었다.

나이트 후드가 아니었으면 지금도 어디선가 피해를 일으키며 엇나가고 있을지 모를 일이었다.

태수의 경우 큰 연관은 없지만 그렇다고 아주 인연이 없는 건 아닌 애매한 관계였다. 나이트 후드의 첫 번째 상대가 바로 그였으니까.

그렇다고 해서 태수가 나이트 후드에게, 동해에게 악감정이 있는 건 아니었다. 이미 시간이 많이 흐른 뒤고, 또 태수는 학생 시절 자신이 했던 일들에 대해 부끄러워했기 때문이다.

이렇듯 모두 나이트 후드에 대한 나름의 추억이 있었다. 가장 가까이에 있던 친구가 복면을 쓴 영웅이었다니. 믿을 수 없을 만큼 놀라웠지만 이제는 안다.

그들 모두 나이트 후드의 활약상을 기억하고 있다. 폭주족들과 싸우고 성추행을 저지른 교사를 벌하고, 자릿세를 걷는 불량배들을 처치하고, 마지막으로 접대 파문이 일었던 여가수의 일을 해결하려 나섰다.

결국 현실은 나이트 후드가 잘못했고 여가수 접대 일에 연루되었던 자들은 아무런 잘못이 없다고 결론이 났지만 말이다.

하지만 여기에 있는 어느 누구도 그것이 진실이라고 믿지 않았다. 다만 자신들이 어찌해 볼 수 있는 문제가 아니기에 침묵하고 있을 뿐.

"우리 말이야."

이때 한서림이 입을 열었다.

"이대로 그냥 가만히 있어도 되는 걸까?"

태수가 물었다.

"뭘?"

"여기 있는 모두 동해가 그럴 녀석이 아니라는 것쯤은 알고 있잖아? 분명 옳지 못하다는 걸 알았으니까 나섰을 거야. 하지만 뭔가 잘못된 거지. 일이 잘못돼서 동해가 자취를 감춘 건데, 그냥 이대로 두고 봐야 하는 걸까?"

"뭘 어쩌려고."

서림은 태수를 노려보았다.

"야, 솔직히 넌 이상하지도 않냐? 빤히 증거물이 나왔는데 하루아침에 증거가 아니라잖아. 그리고 나이트 후드가 실종됐어. 이상하잖아? 그 녀석이 그 일에서 스스로 손 떼고 자취를 감추었을 리가 없어. 듣자 하니 그 여가수랑 친구였다며. 그렇다면 더더욱 의욕적으로 사건을 해결하려고 했겠지."

태수는 고개를 저었다.

"아서라. 민감한 문제에 잘못 끼어들면 쇠고랑 찰 수도 있어."

"이미 차 봤어."

서림의 표정은 진지했다.

"그래. 아닐 수도 있어, 아닐 수도 있다고. 그런데 만약 맞으면? 우리가 모르는 거대한 힘에 의해 진실이 묻힌 거라면 어쩔 건데?"

서림의 이야기에 철광은 관심을 보였다. 아현도 관심을 보였다. 철광이 말했다.

"그건 그래. 솔직히 말해서 그 일이 우리랑 아무 상관이 없다고 할 수는 없잖아. 동해랑 연관이 돼 있다면 그건 우리랑도 연결이 돼 있다는 의미지. 짜식."

철광은 씁쓸하다는 표정을 지었다.

"그 녀석에게 도움만 받고 끝났어. 난 해 준 게 없다고. 이번 기회에 뭔가를 갚을 수 있다면 난 그렇게 할 거야."

아현이 손을 들었다.

"나도 찬성. 저번 일에는 의심스러운 게 너무 많아. 그리고 나 역시 동해에게 도움을 주고 싶어."

의견이 일치한 세 사람은 일제히 태수를 바라보았다. 유일하게 동해에게 빚진 게 없는 태수였다.

"뭐, 뭘 봐? 너희 너무 섣불리 판단하는 거 아니야? 그런 문제 잘못 끼어들었다간 정말 피 본다고."

"그럼 넌 빠져. 그게 너희 한계다. 신이나가 왜 너한테 관심이 없는지 이제는 좀 알아 두는 게 좋을 거야. 동해는 너 같지 않았거든."

서림은 시크하게 받아치고는 태수를 무시했다. 태수도 별로 이 일에 끼고 싶지 않았다.

자신이 지금까지 살아온 세계와 너무 동 떨어지게 느껴졌고 함부로 건드릴 만큼 만만한 사안이 아니라고 생각했다. 하지만 신이나 이야기가 나오자 남자의 자존심이 꿈틀거렸다.

"잠깐만. 그 이야기는 그냥 못 넘어가겠군. 신이나가 뭐가 어쩌고 저째?"

"왜, 내가 틀린 말했어? 넌 용기도 없고 배짱도 없어. 하지만 네가 이 일에서 빠진다고 해도 누구 하나 널 원망하지는 않아. 아까 말했듯이 넌 동해랑 아무 연관이 없잖아. 그러니 원망하지 않아."

서림의 말은 차분했고 어디 하나 틀린 곳이 없었다. 태수는 굳이 이 일에 끼어야 할 이유가 없었다. 하지만 이대로 빠지자니 아쉬운 마음이 드는 건 사실이었다.

'그래. 이 일은 나랑 상관없어. 동해 그 자식이랑 나는 아무 연관도 없다고. 하지만 만약 이걸로 뭔가를 해내면 신이나가 다시 나를 돌아봐 줄지도 몰라. 그래. 이거야말로 진정 멋진 남자 아니겠어? 누가 시킨 것도 아닌데 사회의 비리를 캐내서 고발한다. 얼마나 멋져? 그리고 동해 그 자식이 빌빌대던 틈

을 타서 내가 사건을 해결한다면? 딱 좋아!'

태수는 손바닥으로 테이블을 내리쳤다.

"나도 한다."

"짜식, 진작 그럴 것이지 튕기기는."

그렇게 박철광, 한서림, 송아현, 그리고 김태수로 이루어진 비밀결사대가 결성되었다.

*   *   *

5년이 지났지만 민서는 여전히 기억이 돌아오지 않았다. 기억상실로 인해 가슴 한편에 커다란 구멍이 난 것 같았다.

한편으로는 감정을 잃은 것처럼 느껴지기도 했다. 이제까지 그녀가 느꼈던 기쁨, 슬픔 등의 모든 감정들을 송두리째 잃어버렸으니까.

그래도 살아야 했다. 감정이 죽은 것도 아니고 단지 기억을 잃은 것이다. 자신의 죽어 버린 아들에 대한 슬픔도, 애틋한 사이로 보이는 남자와의 이별도 아무런 느낌이 없지만.

그래도 결국 산 사람은 살아야 했다. 사람의 삶이란 결국 죽을 때까지 끝난 게 아니기 때문이다.

"어서 오세요."

사건이 있은 후로 5년이 지난 지금, 그녀는 포장마차 일을 접고 식당의 종업원으로 일을 하고 있었다. 포장마차는 결국 혼자서 해내야 하는 일.

아무것도 가진 게 없고 기억하지 못하는 그녀로서는 감당하기 어려운 일이었다. 비슷한 일이지만 주변에 새로운 사람이 있고, 일이 정해져 있는 식당 일이 현재의 그녀에게는 더 맞았다.

다행히 일은 그리 어렵지 않았고 같이 일하는 직원들도 성격이 좋아서 그녀는 쉽게 적응할 수 있었다. 미모의 여종업원 등장에 가게 매출도 올랐으니 서로 윈윈 하고 있는 셈이다.

"하아."

그럼에도 그녀는 하루에 한 번은 멍하니 시간을 보냈다. 일이 없는 것도 아닌데 가만히 서서 먼 산을 바라보거나, 골똘히 생각에 잠기기 일쑤였다. 어렴풋이 어떤 기억이 날 듯 말 듯했다. 두통이 느껴지기도 했다.

"민서 씨, 왜 그래. 또 머리 아파?"

같이 일하는 중년 여성이 걱정스러운 얼굴로 물어왔다. 멍하니 있던 민서는 고개를 저었다.

"아, 아니에요. 근데 손에 들고 있는 그건 뭐에요?"

중년 여성의 손에는 검은 봉투가 들려 있었다.

"붕어빵 사 왔어. 하나씩 먹으면서 일하라고. 겨울에는 붕어빵 아니겠어?"

민서는 중년 여성의 말에 맞장구치며 웃었다. 이상한 기분이 들었다. 검은 봉투를 보니 이유도 모르게 가슴이 뛰었다.

'왜 이러지?'

민서는 고개를 저으며 손님들이 있는 홀 쪽으로 시선을 돌렸다. 각 테이블에는 여러 명의 손님들로 북적거리고 있었다. 그중 한 손님에게 시선이 끌렸다.

'어?'

꽃무늬 남방에 트레이닝 바지를 입은 남자였다. 나름 개성 있는 복장이었지만 그 자체로는 딱히 특이할 점이 없었다. 하지만 왠지 모르게 바라볼수록 심장이 뛰고 있었다.

'대체 왜 이러는 거야.'

민서가 혼란스러워하는 와중에 중년 여성이 말했다.

"맞다. 민서 씨, 콩나물 다 씻었어?"

"어머, 내 정신 좀 봐. 금방 할게요."

"그려, 그려."

민서는 이상한 기분을 떨쳐내고는 다시 일에 집중했다.

*   *   *

김포 국제공항.

문이 열리며 수많은 사람들이 쏟아져 나왔다. 여행을 갔던 연인이나 가족들, 일 때문에 해외에 나갔던 직장인 등 그 종류도 다양했다. 그중에서도 유독 눈에 띄는 이들이 있었으니.

한 명의 여자와 세 명의 남자였다. 여인은 풍만한 몸매에

머리카락을 엉덩이까지 길게 늘어뜨리고 있었으며 털이 풍성한 고급스런 재킷을 걸치고 있었다.

남자들은 하나같이 키가 훤칠했으며 검은 정장을 입고 있었다. 한 명은 긴 머리카락을 뒤로 묶고 있었으며 나머지 둘은 솜털조차 찾기 힘든 대머리였다.

네 사람 모두 검은 선글라스를 끼고 있었기에 그 위용은 다른 이들과 비교할 수 없었다. 무슨 세계적인 스타가 보디가드와 함께 입국하는 것만 같다.

신이나와 그녀의 보디가드였다. 예정대로라면 4년 유학을 마치고 돌아왔어야 했지만, 변덕이 생긴 이나는 거기에 1년을 더 추가했다.

하고 있던 공부에 흥미가 붙어 기간을 연장하였고 심지어 그곳에서 직장까지 얻었다. 다국적 기업인지라 취직은 외국에서 했지만 회사 배려 차원에서 그녀가 한국에서 근무할 수 있도록 조정까지 해 주었다.

모든 준비는 끝났다. 전처럼 무능력하고 칭얼대기만 하는 여자가 아니라 이젠 자기 스스로 알아서 헤쳐 나갈 수 있는 존재가 된 것이다.

누구에게도 부끄럽지 않을 그런 사람이 됐다고 생각했는데 엉뚱한 곳에서 불미스러운 일이 생겼다.

첫째는 아버지의 입원, 그리고 둘째는 나이트 후드, 동해의 실종이었다. 그 사실을 안 것도 며칠 전이었다.

"진짜 세상 돌아가는 꼴 보기 좋구나."

유일하게 동해에 대해, 나이트 후드에 대해 자세히 알고 있는 게 바로 그녀였다. 동해가 절대 범죄를 저지를 성격이 아니라는 건 누구보다도 그녀가 잘 알고 있었다. 한국으로 귀국하는 비행기 안에서 이나는 계속 그 생각을 했다.

대체 무엇이 원인이 되어 상황이 이리 꼬이게 된 걸까? 답답함이 가슴을 꽉 틀어막았다.

"이 멍청한 녀석! 대체 무슨 짓을 벌이고 다니길래 그런 꼴이 된 거야? 얼간이!"

이나는 껌처럼 욕을 질겅질겅 씹었다. 옆에 있던 운이 말했다.

"어디로 가시겠습니까?"

"일단 아빠가 입원해 있다는 병원으로 가죠. 그다음은 동해예요. 어휴, 진짜. 하여간 남자들이 문제라니까."

이나의 말에 운은 진지한 표정으로 받았다.

"회장님의 심장병 진단에서 한 가지 의아한 점이 발견되었습니다."

"뭐죠?"

"기입니다. 누군가가 고의적으로 손을 쓴 것이 분명합니다. 아마 동해군의 실종도 같은 맥락일 거라고 생각합니다. 그 남자의 짓인 것 같습니다."

"그 남자라면 어떤?"

"오요환."

"오요환? 그게 누구죠?"

신이나는 요환과 한 번 만난 적이 있다. 하지만 그가 기억을 지운 탓에 그녀의 머릿속에는 요환에 대한 기억이 없었다. 운이 말했다.

"회장님과 얽혀 있는 자입니다. 그전부터 안 보이는 곳에서 흉계를 꾸미던 자이지요. 그자가 회장님의 심장병과 동해군의 실종에 얽혀 있는 것이 분명합니다."

"그래요? 그럼 그 인간부터 아작 내면 되겠네요."

"그게."

운은 말을 머뭇댔다. 운이 머뭇대는 건 본 적이 없는 이나였다. 이나는 선글라스를 밑으로 내려 운을 바라보았다.

"왜요?"

"쉬운 상대가 아닙니다."

"얼마나 강하기에?"

"저도 잘 모르겠습니다. 쉽게 말해 가늠할 수 없을 정도입니다."

"상관없어요."

이나는 피식 웃으며 아무렇지 않다는 듯 대답했다.

"내가 더 강하니까요."

네 사람은 빠른 걸음으로 공항을 나왔다.

　　　　　*　　　　*　　　　*

　올해에는 눈이 많이 내렸다. 몇십 년 만의 폭설이라 뉴스는
대대적인 폭설주의보와 빙판길에 의한 사고 소식을 발 빠르
게 전했다.

　운전자들은 쉴 틈 없이 쏟아지는 눈에 한숨이 늘었다. 반
면 어린아이들과 젊은 사람들, 커플들은 축복받은 것처럼 좋
아했다.

　눈이 소복하게 쌓인 거리를 정처 없이 걷는 남자가 있었다.
거의 죽을상을 하고 있는 중년 남성. 동해의 아버지, 동진이었
다.

　동진은 동해가 사라진 5년 전부터 지금까지 쭉 거리를 돌
아다녔다. 혹시나 어딘가에 동해가 숨어 있지는 않을까 하는
기대를 품고 일일이 거리를 뒤지며 찾아다닌 것이다.

　물론 이렇다 할 수확은 없었다. 동진은 동해와 관련 있는
단서 하나 발견하지 못했다.

　"내 참. 언제까지 저러고 다닐 셈이야."

　동진은 동해를 5년 동안 찾아다녔다. 그리고 그런 동진을
5년 동안 쫓아다닌 사람들이 있다. 형사들이었다. 형사들은
구석에 숨어서 동진을 힐끔힐끔 살폈다.

　"그나저나 점심 때인데, 밥 안 먹습니까?"

　"너는 저 모습 보고도 밥이 넘어가냐?"

"그래도 사람이 밥을 먹어야지 말입니다."

"그래. 먹자, 먹어."

선배로 보이는 형사가 동진 앞으로 다가갔다.

"안녕하세요. 또 보네요."

"아, 형사 분들이군요. 그런데 무슨 일이신가요? 혹시 우리 동해가 나타난 건가요?"

"그런 건 아니고요. 같이 밥이나 먹자고요. 아직 밥 안 드셨죠?"

"저는 됐습니다. 그쪽 분들끼리 드시죠."

"에이. 그러지 말고 같이 갑시다. 우리가 사는 거니까."

형사는 넉살 좋게 동진을 끌고 식당으로 향했다. 그런 그들을 멀리서 지켜보는 이가 있었으니, 동해였다. 동해는 후드를 눌러쓰고서 전신주 뒤에서 아버지를 살피고 있었다.

지금까지 계속 아버지를 살피면서 몇 번이나 말을 걸고 싶었는지 모른다. 하지만 주변에 따라붙은 이들이 있어서 섣불리 그럴 수가 없었다. 동해는 울컥하는 감정을 참으며 발길을 돌렸다.

후드 밑으로 내려온 동해의 머리칼은 절반 이상이나 하얗게 물들어 있었다. 맥이 파괴당한 후유증 때문인지 점점 흰머리가 늘고 있었다.

새치가 많은 수준이 아니라 이대로 가다간 완전히 백발이 될지도 모르겠다. 동해는 머리칼을 만지작거리며 인적이 드문

길로 이동했다.

"후우."

5년, 5년 동안이나 숨어서 지냈다. 일단은 동해도 사람인지라 먹고는 살아야 했다. 급한 대로 공사판을 전전했으며 번 돈으로 값 싼 고시원에서 지내는 중이다.

언제까지 이런 식으로 살아야 하는지 동해도 알지 못했다. 다 포기해 버리고 싶기도 했다. 하지만 이유 모를 미련이 동해를 살게 했다.

앞으로 뭘 해야 할지, 어떻게 해야 할지 아무것도 알 수 없었고 그저 혼란만이 있었다. 하지만 스스로 숨을 놓아 버릴 수는 없었다.

'정말 오래도 버렸네.'

자그마치 5년이다. 스스로 생각해도 신기할 정도였다. 지금 동해는 일반인보다도 허약했다. 단순히 기를 쓸 수 없는 게 아니라 후유증으로 몸이 급속도로 나빠진 것이다. 부러진 다리도 제대로 치료하지 못해 절룩거렸다.

'포기하고 싶다.'

다 부정해 버리고 싶었다. 경찰서를 지날 때마다 몇 번이고 자수하고 싶다는 생각이 들었다. 모든 걸 포기하고 싶었다. 모두 내려놓고 싶었다.

이건 단순히 숨만 쉬는 것이지 엄밀히 말해서 살아 있다고 할 수 없었다. 의미도, 목적도 잃어버린 인간이 과연 인간인지 동해는 의문이 들었다.

어깨가 무거웠다. 눈꺼풀이 무거웠으며 몸이 나른하고 피곤했다. 맥이 파괴당한 이후 줄곧 이랬다. 조금만 걸어도 피곤했으며 쉽게 지쳤다.

"……되고 있습니다."

어느 고물 전파상. 한쪽에는 TV가 밖으로 나와 전시 되어 있었다. 그 TV에서 대통령이 보였다. 그는 단상 위에 올라 수많은 사람들 앞에서 연설을 하고 있었다.

"대한민국, 우리나라는 날로 발전하고 있습니다. 경제는 물론 정치, 문화 다방면으로 세계를 향해 뻗어 가고 있습니다. 그뿐만이 아닙니다. 경제 지수도 고속 성장을 말해 주고 있습니다. 이렇듯 우리 대한민국의 미래는 밝습니다."

대통령의 뒤에는 각계 고위층들이 자리하고 있었다. 개중에는 동해의 눈에 익숙한 얼굴이 보였다. 세상이 한국의 영웅으로 인정한 임진광.

"미국은 히어로 액션 영화를 통해 세계적으로 많은 매출을 올리고 있습니다. 그렇다고 부러워할 필요는 없습니다. 우리에게는 영화 속의 히어로가 아니라, 진짜 영웅이 있으니까요."

대통령의 말에 사람들은 환호하였고, 진광은 피식 웃었으
며, 동해는 주먹을 가득 쥐었다.

"하하……."

동해는 헛웃음을 지으며 전파상을 지나쳤다. 얼마나 걸었
을까. 갑자기 옆으로 자동차 한 대가 멈춰 섰다.

"동해?"

자동차의 문이 열리며 운전자가 아는 척을 해 왔다. 동해
는 너무 놀란 나머지 도망칠 생각도 하지 못했다. 동해는 눈
을 크게 뜨며 운전자를 살폈다. 투실한 체구에 전체적으로
남을 비웃는 듯한 인상이 강한 남자였다.

'누구지?'

동해는 사내를 유심히 살폈다.

"마, 만수?"

"그래, 인마. 나 만수야."

"그……."

한때의 악연이었던 만수와의 재회였다. 동해로서는 딱히 반
가운 만남은 아니었으나 만수는 그게 아니었나 보다. 만수는
주변을 둘러보고는 작게 속삭였다.

"일단 타. 사람 없는 곳에 가서 이야기 하자."

동해는 잠시 고민했다. 어릴 때도 나빴던 녀석인데 지금 순

순히 차에 타도 괜찮은 걸까? 하지만 이미 몸도 마음도 지칠 대로 지친 동해였다.

반은 자포자기하는 심정으로 만수의 옆자리에 탔다. 차에 타면서 이대로 경찰서로 갔으면 하는 바람도 없지 않아 있었다.

물론 만수의 차는 경찰서로 가지 않고 근처 술집으로 향했다. 척 봐도 굉장히 비싸고 고급스러워 보이는 곳이었다. 기업인들의 접대 장소로 매우 안성맞춤인 곳이었다. 만수는 능숙한 동작으로 동해를 데리고 구석의 룸으로 들어갔다.

"아가씨들은 필요 없어요."

"네, 알겠습니다."

동해와 만수는 룸 안으로 들어가 자리를 잡았다. 경찰서로 가지 않음에 동해는 안도와 아쉬움, 두 가지 상반된 감정을 동시에 느꼈다.

곧이어 술과 안주들이 들어왔다. 만수는 찬찬히 술잔을 기울였고 그간 제대로 밥을 못 먹었던 동해는 정신없이 안주들을 집어먹었다.

"너 임마 어떻게 된 거야?"

만수는 동해가 이 지경이 된 연유를 물었다.

"어쩌다 보니 그렇게 됐어."

동해는 말을 흐렸다. 어차피 자세하게 이야기한들 바뀌는 건 없을 테니까. 만수는 그런 동해를 연민이 섞인 눈으로 바라보았다.

"그렇지. 네가 그런 나쁜 짓들을 했을 리가 없지. 우리가 썩 친했던 사이는 아니지만 네가 그런 행동을 안 했을 거라는 건 알고 있어."

"너는 어떻게 지냈어?"

자신의 이야기가 불편했는지 동해는 말을 돌렸다.

"나? 나야 뭐. 나이트 후드 앞에서 이런 말하긴 뭐하지만 조직에 들어갔어. 그전부터 알고 지내던 형들의 추천으로 운 좋게 자리를 잡았지. 아까 차 봤지? 그거 내 돈으로 산거야."

만수가 몰았던 자동차는 값 비싼 외제차였다.

"그나저나 진짜 오랜만이다."

만수는 동해를 보며 웃었다. 거기에는 상대를 비하한다거나, 비꼬는 의미가 전혀 담겨 있지 않았다. 오랜만이라는 말 그대로 순수한 의미였다.

한때는 한쪽이 다른 한쪽을 때리고 괴롭히던 사이였지만 이미 시간이 지난 지금은 그저 그런 추억이 되어 버렸다.

동해는 그런 만수를 원망하지 않았고 만수도 큰 감정이 남아 있지 않았다. 시간이 모든 기억을 '그땐 그랬던' 일로 만들어 버린 것이다.

사람을 괴롭히고 때리던 녀석은 외제차를 몰고 다닌다. 맞고 다니던 녀석은 수배자가 되어 고시원에서 생활한다. 그렇게 두 사람 사이에는 명암이 엇갈렸다.

"너 어떻게 하려고."

"모르겠어. 일단은 계속 숨어 지내고 있어."

"그러냐. 세상도 참 무심하지. 어쩌다가 이렇게 됐을까. 위로라도 하고 싶은데 뭐라 해 줄 말이 없다."

만수는 명함을 한 장 건넸다.

"이거 내 연락처야. 혹시나 힘든 일 있거나 도움 필요하면 연락해. 그래도 한때 너에게 빚진 게 있으니 가능한 선에서 도와줄게."

"그, 그래."

두 시간쯤 지나서야 두 사람은 인사를 나누고 헤어졌다. 동해는 만수에게서 받은 명함을 확인했다.

XX물산. 김만수.

조직이라고 하더니 나름대로 역할이 있기는 한가 보다. 품 안에 명함을 집어넣은 동해는 다시 길을 걸었다. 고시원으로 돌아갈까 생각도 했지만 발이 떨어지지 않았다. 오늘은 왠지 좀 걷고 싶었다. 하늘은 어두웠고 여전히 눈이 내리고 있었다.

'춥다.'

동해가 입고 있는 옷은 겨울에 걸맞지 않은 얇은 옷이었다. 끼니를 때우고 고시원 월세 내는 것만 해도 빠듯한지라 옷까지 살 여유는 없었다.

기라도 있다면 몸을 따뜻하게 덥혔겠지만 지금은 그럴 수도 없다. 팔짱을 낀 동해는 추위를 막으려는 듯 어깨를 잔뜩 웅크리고서 눈을 밟았다.

이나가 보고 싶었다. 벼리가 보고 싶었다. 철광이, 아현이.
남민철, 나민서, 그리고 아버지. 모두 보고 싶었다. 혼자서는
지금의 상황을 도무지 이겨낼 자신이 없었다.

밤이었지만 거리는 밝았으며 사방에서 크리스마스 캐럴이
울려 퍼지고 있었다. 오늘이 크리스마스이브이기 때문이다.

거리에는 많은 사람들이 밖에 나와 있었다. 팔짱을 낀 연
인들, 가족들, 친구들. 수많은 사람들이 있었지만 동해는 혼
자였다. 그의 곁에는 아무도 없었다.

아무도 동해를 지켜 줄 수 없었다. 영웅은 사람들을 구하
기 위해 몸을 던졌지만, 그중 누구도 영웅을 구하기 위해 나
서지 않았다.

모르기 때문이다.

세상에 무슨 일이 벌어지고 있는지. 자신들이 알고 있는 진
실이 혹은 거짓이 아닌지. 자신들이 선동을 당하고 있는 건지.
아무런 의심도 의혹도 가지지 않기 때문에 결국 사람들은 속
고 산다.

누가 자신들을 지키려 했는지, 누가 자신들을 속이며 해치
려 하는지 관심도 없고 알지도 못한다. 표면적인 행복과 위선
에 취해 결국 의미를 잃어 간다.

"……."

묵묵히 바닥만 보며 걷던 동해가 문득 걸음을 멈추었다. 순간 주변이 조용해졌기 때문이다. 동해는 고개를 들어 주변을 살폈다.

"뭐지?"

음악 소리가 감쪽같이 사라졌다. 그뿐만이 아니었다. 거리를 가득 메우던 사람들도 사라져 있었다. 아무리 둘러보아도 사람이라고는 동해, 본인밖에 없었다.

"어떻게 된 거야?"

저벅 저벅.

멀리서 누군가가 다가왔다. 유령 도시가 된 것처럼 거리가 조용했기에 유독 눈 밟는 소리가 크게 들리었다.

오요환.

그 남자였다. 그가 또 앞에 나타난 것이다. 동해는 경계하지 않았다. 싸움 자세를 취하지도 않았고 딱히 거북해하지도 않았다. 그저 바라보기만 했다.

"안녕? 오랜만이지?"

동해는 고개를 돌려 외면했다.

"많이 힘든가 봐?"

"사라져."

"흐음. 싸울 생각이 없는 것 같네."

"그래. 더 이상 싸우지 않을 거야. 이젠 지쳤어. 질렸다고. 세상을 바꾸고, 사람들을 돕고, 그런 생각들이 얼마나 멍청한 건지 이제 깨달았어. 그러니까 사라져. 내 앞에 나타나지 말라고!"

"네가 자초한 거야. 너한테 책임이 있는 거라고. 왜 길들여지는 걸 거부하는 거지? 세상은 거대한 톱니바퀴와 같아. 작은 부품 하나가 말을 안 들으면 전체의 균형이 무너지지. 네가 하려던 행동이 바로 그거였어."

"난 더 좋게 만들려고 그랬에! 세상이 더 나아지를 원했다고! 하지만 이젠 다 끝났어. 그래. 네 말이 다 옳아. 내가 잘못한 거였어. 내가 틀렸던 거라고."

동해는 치밀어 오르는 눈물을 겨우겨우 참았다. 말은 그렇게 했지만 가슴은 그것을 부정하고 있었다. 가슴은 분노하고 있었으며 저항하려 했다.

"힘들어. 더 이상은 아무것도 할 힘이 없어."

"참 재미있지?"

"뭐가 재밌다는 거냐."

"남민철도, 그의 제자인 너도. 결국 똑같은 결말을 맞이했잖아. 그렇다고 오해는 하지 마. 너는 남민철의 발끝에도 미치지 못하니까."

"이익."

"스승도 제자도 결국 세상 앞에 무릎을 꿇었어. 불가능한 일에 도전하다가 결국 자신도, 자신의 주변도 모두 잃고 막장이 되었다고. 이거 아주 흥미롭군. 지금이라도 받아들여. 나는 다 알고 있지. 네가 말로는 다 포기했다고 하지만 여전히 생각은 그렇지 않다는 걸 말이야. 여전히 억울하고 기회를 엿보고 있어. 세상이 잘못됐다고 판단하고 있지. 사람들이 거짓된 평화를 누리고 있다고 생각하잖아. 내 말이 틀려?"

"……."

요환은 그리 말하며 안개를 이용해 모습을 바꾸었다. 만수의 모습이었다.

"세상이 잘못된 게 아니야. 네가 잘못됐다고 생각하는 그 모습이 정상이었던 거지. 힘 센 사람이 약한 사람 위에 살고, 모든 걸 누리고, 빼앗고. 큰 문제없는 거야."

요환은 다시 모습을 바꾸었다. 전에 아현을 성추행했던 변태 교사였다.

"기득권에 대항하는 것 역시 어리석지. 그래, 그래. 살다 보면 조금 억울할 수도 있어. 하지만 삶이라는 건 말이야. 좀 더 멀리 내다봐야지. 이건 아니다. 이건 말도 안 된다. 잘못된 거다. 그렇다고 지금의 시스템과 균형을 모조리 바꾼다? 오, 그건 안 되지. 시스템이 붕괴되면 어떻게 되는지 알아? 더 큰 혼란이 찾아온다고."

요환은 다시 모습을 바꾸었다. 과거 벼리가 소속 되어 있었던 소속사 사장의 모습이다.

"세상이 그리 만만해 보였나? 옳은 것, 그른 것, 이 두 가지가 동전의 양면처럼 쉽게 분간할 수 있는 거냐고. 아니야.

사회는 그보다 훨씬 복잡하고 입체적이야. 한 면만 보고 판단하는 건 깡패 짓이나 다름없지. 즉, 영웅은 처음부터 성립될 수 없는 거야. 여긴 영화나 소설이 아니라 현실이라고."

요환은 다시 모습을 바꾸었다. 동해를 망가트린 주범, 임진광이었다.

"세상이 불공평한 것 같나? 악한 자는 강하고, 선한 자는 약하고. 그런 것처럼 느껴지냐고. 그게 아니야. 애초에 불공평함의 의미에 대해서 다시 생각해야 해. 선한 자가 약한 게 아니야. 약한 녀석들이 정의, 공평, 평등을 외치며 자신들의 이익이라든지, 세상을 자기네들이 원하는 방향으로 이끌려고 하는 거지. 아무런 능력도 없는 주제에 선동을 하려는 거야."

마지막으로 요환은 다시 본래의 모습으로 돌아왔다.

"그래. 세상은 원래 불평등한 거야. 평등함이란 존재할 수가 없는 모순과도 같은 단어지. 넌 현실을 부정했고 적응하지 못한 것뿐이야. 넌 네가 영웅이라고 생각했어? 절대 아니야. 넌 그냥 현실 부적응자에 불과해. 세상을 받아들일 용기가 없었던 거야. 그래서 영웅이라는 허울을 뒤집어쓰고 자기 자신마저 속인 거지."

"그만해."

동해는 자리에 무릎을 꿇었다. 잔뜩 피곤해진 표정으로 웅얼거리듯 말했다.

"이제 그만해. 나는 다 포기했어. 네 말대로 나는 졌고 패배했어. 포기했다고. 그런데 대체 왜 나한테 이런 말을 하는 거야. 이젠 지쳤어. 아무런 힘도 남아 있지 않다고……."

"이런, 잡설이 너무 길었나 보네. 사실 내가 나타난 이유는 별게 아니야. 나한테는 한 가지 계획이 있었거든. 누구도 알지 못하는 나만의 계획. 그런데 곰곰이 생각해 보니 조금 아쉽더라고."

"계획?"

"그래. 아주 멋지고 원대한 계획. 최소한 누군가는 그 시작을 바라봐 주길 원했어. 혼자만 알고 있자니 아깝잖아? 하하."

"무슨 말이지?"

요환은 잔뜩 도취된 얼굴로 두 팔을 활짝 펼쳤다.

"네가 이제야 깨달은 사실을 나는 일찌감치 깨달았어. 아아, 비정상이라고 생각했던 게 정상이었던 거구나. 내가 잘못 생각해왔던 거구나 하고 말이야. 말하자면 내 입장에서는 너나 죽은 네 친구, 남민철 같은 인간들이 오히려 악당인 거지. 사회의 안정과 시스템을 파괴하려는 나쁜 악당들. 내 입장에서는 그리 보였어. 그리고 생각했지. 현재를 유지하는 것도 좋지만 지금보다 더 나아지도록 만들자고."

동해는 무슨 말인지 몰라 아무 반응도 보이지 않았다.

"세상은 더욱 멋지게 변할 거야. 지금보다 훨씬 더 아름다워질 거라고. 바로 내 손끝에서부터 시작하는 거지. 잘 지켜봐 뒤. 세상의 모든 변화는 나로부터 시작할 테니까."

요환의 몸이 하얗게 빛나기 시작했다. 열기가 치솟았고 그 주변에 있던 눈이 녹아내렸다. 동해는 뜨거운 열기에 뒷걸음질을 치며 손으로 얼굴을 가렸다.

"큭."

팟!

순간 빛이 폭발하듯이 증폭했다. 요환은 거대한 빛이 되었고 그 빛은 사방으로 뻗어 나갔다. 감았던 눈을 뜨자 요환은 사라져 있었다.

잠잠했던 거리에는 다시 시끄럽게 캐럴이 울려 퍼졌으며 사라졌던 사람들이 나타났다. 방금 요환이 있었던 자리에 눈이 녹은 것 외에는 아무런 변화도 찾아볼 수 없었다.

동해는 혹시나 하는 마음에 긴장하여 계속 주변을 둘러보았다. 하지만 역시나 달라진 점을 찾아볼 수 없었다.

거리를 걷던 사람들은 바닥에 눈이 소복한데 한 군데만 고스란히 눈이 녹아 있는 모습에 신기해했다.

*   *   *

"속보입니다. A그룹의 비리를 파헤쳐 화제가 되었던 김 모 검사가 실종되었다는 소식입니다. 김 모 검사는 현재 일주일째 연락이 끊긴 상황이며 현재 거취를 알 수 없다고 합니다.

검찰 측은 A그룹의 보복으로 보고 있으며 A그룹 회장은 이
사실을 부인하고……."

"한 달 전에 벌어졌던 김 모 검사의 실종이 결국 A그룹과
는 아무런 연관이 없다는 수사 결과가 나왔습니다. 현재도
검·경찰 측은 사라진 김 모 검사를 찾……."

"새로운 소식입니다. A그룹의 회장이 괴한에게 무차별적으
로 살해당하는 사건이 발생했습니다. CCTV에 용의자로 보이
는 남자가……."

TV에서는 정지화면으로 용의자의 모습을 비춰 주었다. 사
건이 사건인지라 살해 장면은 나오지 않았지만 용의자의 모
습은 그 자체로도 상당히 끔찍해 보였다.

깔끔한 정장과 얼굴에 감고 있는 붕대는 전혀 매치가 되지
않았으며 붕대에는 붉은 피가 덕지덕지 묻어 있었다. 그것이
다른 이의 피 인지, 자신의 피 인지 알 수 없다.

"굿모닝 9시 뉴스입니다. 몸에서 전기를 내뿜는 괴한의 등
장에 시민들이 공포에 떨고 있습니다. 저희 굿모닝 9시 뉴스
에서 영상을 긴급 입수했습니다. 화면을 보시죠.

한밤중의 거리. 한 남자가 도로 한가운데서 난동을 부리고 있었다. 비틀거리며 고성방가를 하는 것이 술 취한 사람처럼 보였다.

하지만 그는 단순히 술 취한 사람이 아니었다. 그가 소리를 지르며 몸부림을 칠 때마다 푸른 전류가 사방에 튀었다.

"나이트 뉴스 라인입니다. 요즘 기이한 초능력자들이 나타나 세상을 놀랍게 하고 있는데요, 이번에도 또 새로운 초능력자가 등장했다고 합니다. 그는 불꽃을 일으켜 도시와 숲에 방화를 일으키고 있다고 합니다."

"속보입니다. 초능력을 발휘해 정부와 협력하던 나이트 워커 임진광 씨가 어제 새벽, 시체로 발견……."

"속보입니다……."
"새로운 소식입니다……."
"끔찍한 사건입니다……."

요환이 사라진 이후 기괴한 능력자들이 도시 곳곳에 출몰했다. 칼을 휘두르거나 공기총을 쏘는 정도의 범죄자들이 아니었다. 그들은 불을 내뿜거나 몸에서 전기를 일으켰다. 사람을 조종했으며 순간 이동을 했다. 또 누구는 보이지도 않을 만큼 빠른 속도로 움직였다.

경찰들이 막을 수 있는 존재들이 아니었다. 그들은 숨어 있다가 은행을 습격하거나 살인을 했고, 공공기물을 파손했다.

그때서야 동해는 요환이 말한 계획이라는 게 무엇인지 깨달았다. 그는 자신의 힘을 세상에 흩뿌린 것이다. 자신조차 주체할 수 없는 힘을 뿌려서 각종 새로운 능력자들을 탄생시킨 것이다.

무작위로 뿌린지라 개중에는 악한 마음을 품고 능력을 사용하는 이들이 많았다. 마음에 안 드는 사람을 죽이고, 그릇된 방법으로 금품을 취했다.

범죄율은 급증했지만 경찰들은 아무런 힘을 쓰지 못했다. 대통령은 계엄령을 선포했고 도시에 군인들과 탱크가 들어섰다.

"……."

거리에 무장을 한 군인들과 탱크가 돌아다니는 건 신기한 광경이었다. 사람들은 사태의 심각성보다는 각종 총기류와 화기, 병기들에게 시선을 빼앗겼다. 물론 동해에게는 해당 사항이 없었다. 동해에게 있어 세상은 여전했고 그대로였다.

"크하하! 이게 대체 뭐야?"

한 남자가 큰 웃음소리와 함께 등장했다. 덩치 큰 남성이었다. 턱에는 수염이 까슬까슬하게 나 있었으며 몸 이곳저곳에는 쇠로 된 장신구들을 많이 걸치고 있었다. 그 남자는 거리에 있는 군인들을 보고는 호탕하게 웃었다.

"지금 능력자들 잡자고 군인들까지 동원한 거야? 진짜 웃기지도 않는군."

남자가 옷을 털자 푸른 스파크가 튀었다. 전기 능력자였다. 그는 꺼릴 것 없다는 듯이 능력을 전개했다. 자신을 포위하고 있는 경찰과 군인들은 개의치 않는 듯했다.

능력자의 등장에 사람들은 혼비백산하며 도망쳤고 군인과 경찰들은 즉시 무기를 뽑았다. 지금의 대한민국은 계엄령이 내려진 상황이었다. 경고 같은 건 없었다. 그 즉시 그 자리에서 발포했다. 수십 개의 총구가 불을 뿜었다.

"어림없는 짓을!"

전기 능력자가 손을 흩뿌리자 사방에 전류가 퍼졌다. 전류는 날아오는 총알의 궤도를 바꾸었다. 수십 발이 발사되었건만 총알은 엉뚱한 곳으로 튀어 근처의 건물이나 바닥, 벽에 박혔다. 개중에는 도망치던 사람들에게 튀어 부상자가 나오기도 했다.

"발포 중지! 시민들이 총에 맞는다! 발포 중지!"

그때서야 총알이 소용없음을 깨달은 군인들은 총을 거두었다. 이번에는 전기 능력자의 차례였다. 그가 손을 휘젓자 수십 개의 전류가 뱀처럼 바닥을 타고 흘렀다. 전기는 주변에 있는 군인들을 감전시켰다.

"크아악!"

"아악!"

엄청난 양의 전류에 군인들의 몸에서 연기가 뿜어져 나왔고 들고 있는 총이 폭발했다.

"진짜 신명나는구만! 이거 진짜 꿈은 아니겠지? 하하하!"

전기 능력자는 기분 좋게 웃었다. 그는 자신에게 이런 능력이 생긴 이유를 알지 못했다. 딱히 이유가 궁금하지도 않았으며 알고 싶지도 않았다. 그냥 어쩌다 보니 능력이 생겼고 그는 거리낌 없이 자신을 위해서 능력을 사용했다.

전기의 힘 앞에선 모두 무력했고 자신이 마치 전지전능한 신이 된 것 같은 기분을 느꼈다. 그 해방감이 사내를 고삐 풀린 망아지로 만들었다.

초월적인 힘을 얻자 일반적인 도덕관념과 상식이 깡그리 사라진 것이다.

"나는 번개의 신, 제우스다! 제우스라고! 아하하!"

근처를 거닐던 동해는 갑작스런 전류와 총격전에 바닥에 누워 있었다. 도망치려 했지만 너무 늦었다. 그저 오들오들 떨면서 제발 자신에게는 피해가 없기를 빌었다.

근처 군인들을 제압한 전기 능력자는 아직 도망치지 않은 다른 사람들을 공격했다. 아무런 죄도 짓지 않은 사람들, 아무 잘못도 없는 사람들이었다.

그들은 능력자의 전기에 맞자 코와 눈에서 피를 뿜으며 몸부림쳤다. 그것은 인간이 감당할 수 없는 전류였다. 그 광경에 동해는 뿌득 어금니를 깨물었다.

힘이라는 게 대체 뭔데 저 사람은 저러고 있는 걸까? 누구도 넘볼 수 없는 강한 힘이라는 게 사람을 저렇게 만드는 걸까? 능력이 생기기 전까진 저 인간도 보통 사람이었을 텐데, 평범했을 텐데……. 힘이라는 건 사람을 변질시키는 걸까?

'동해야, 도망쳐.'

그때 귓가에 익숙한 목소리가 들려왔다. 동해는 깜짝 놀라 감았던 눈을 떠 보았다. 동해의 옆에는 이나가 서 있었다.

그녀는 예전 고등학생 시절 그 모습 그대로였다. 심지어 교복도 고스란히 입고 있었다.

"시, 신이나?"

'도망치라고. 여기에 이렇게 웅크리고 있다간 통구이가 될 거야. 어서 도망가!'

이나는 그리 말하고는 신기루처럼 사라졌다. 그것은 진짜가 아니었다. 동해가 만들어낸 허구였다. 이나가 사라지고 철광이 나타났다.

'그래, 인마. 네가 뭘 할 수 있는 것도 아니잖아. 아직 너한테 관심이 없는 것 같아. 지금 기회를 봐서 도망가!'

철광이 사라지고 아현이 나타났다.

'설마 싸울 생각인 건 아니지? 이길 수 없어. 도망치

는 게 상책이야.'

아현이 사라지고 민철이 나타났다.

'지금까지 고생했으면 된 거지 뭐. 그만하면 됐으니 까 얼른 피신해.'

민철이 사라지고 벼리가 나타났다.

'동해야, 넌 할 만큼 했어. 이제 와서 생각을 바꾼다 고 해도 바뀌는 건 없어.'

"벼리야……"

'그간 너무 힘들었잖아. 너무 고생했잖아. 그러니까 그만하자. 미련을 버려.'

"벼리야, 나는……"

벼리가 나타나자 동해는 눈가가 시큰해지는 것을 느꼈다. 한벼리. 그녀는 5년이 지난 지금도 혼수상태였다. 다행히 놈 들이 손을 쓰지 않아서 살해당하지는 않았다.

하지만, 그래도 여전히 그녀는 잠에서 깨어나지 못했다. 그 리고 동해는 5년간 단 한 번도 그녀의 병실을 찾지 않았다. 죄책감이 들었기 때문이다.

동해는 옆으로 고개를 돌렸다. 옆에는 의류 매장이 있었다. 전기 능력자의 등장에 가게 주인은 이미 내뺀 지 오래였다.

밖에 걸려 있는 의상 중에는 후드 티가 있었다. 다른 쪽에 는 마스크도 걸려 있었다.

벼리는 다른 곳을 쳐다보는 동해의 고개를 바로 잡아 눈을 마주쳤다.

'다른 생각하지 마. 변하는 건 없어. 그만해.'

벼리가 사라지고 이번에는 요환이 나타났다.

'세상은 거대한 흐름이야. 작은 것은 큰 것에 흡수
당하는 게 당연해. 바꾸려고 하지 마. 부정하려 하지
마. 그냥 있는 그대로를 받아들여.'

동해는 다시 옆에 있는 의류 매장을 바라보았다. 그리곤
질끈 눈을 감았다. 더 이상은 싫었다. 더 이상 고생하기 싫었
고 고뇌하기 싫었다.

내가 아니어도 되겠지. 굳이 내가 나서지 않아도 다른 누군
가가 나서서 해결하겠지. 왜 하필 내 앞에서만 이런 일이 벌어
지는 건지. 아무런 능력도 없는 내게 무엇을 바라는 건지.

동해는 온갖 생각으로 머리가 복잡했다.

"나는…… 나는……."

정말로 다른 누군가가 나서서 해결해 줄까? 어차피 사람이
란 자기 자신, 그리고 자신과 연결된 사람들의 안위만 챙기는
이기적인 존재이다. 그게 세상이고 그게 사람이다.

남을 위한 희생, 봉사 같은 건 TV 속에 나오는 몇 가지 사
연에 불과하다. 이득이 되지 않은 일을 하는 건 바보짓이다.
사서 고생하는 것에 불과하다.

내가 무언가를 해 줘도 상대는 아무것도 보답하지 않는다.
그게 이치다. 머리가 뜨겁다. 뇌가 아프다. 속이 메슥거린다.

두렵다. 무섭다.

동해는 머리카락을 쥐어뜯었다.

전기 능력자의 눈에 한 꼬마 아이가 들어왔다. 꼬마 아이
는 너무 어려서 사태 파악이 안 되는지 멀뚱멀뚱 사내를 바라
보기만 했다.

"맞아. 난 예전부터 아이들이 싫었어. 떼 쓰고 울기나 하는
게 정말정말 싫었어. 예전부터 어린애를 한번 죽도록 패 보고
싶다는 생각을 했었지. 지금 한번 해 볼까?"

사내는 손에 전류를 모았다.

파직, 파지직.

사내의 손이 휘둘러지기 일보직전. 어디선가 외침이 들려왔
다.

"멈춰!"

"뭐야?"

사내가 돌아본 곳에는 작은 체구의 소년이 서 있었다. 소
년이라고 하기에는 전체적으로 너저분했으며 머리카락은 검
은색보다 흰색이 더욱 많았다. 사내는 손을 거두었다.

"너 뭐야?"

소년, 동해의 오른손에는 후드 티가, 왼손에는 마스크가
들려 있었다. 동해의 심장은 터질듯이 요동치고 있었다. 어깨
가 오그라들었으며 호흡이 불안정했다. 다리는 후들후들 떨

려 왔다. 머릿속에는 오만가지 생각이 들었다.

이젠 능력도 사용할 수 없는데 저런 괴물을 이길 수 있을까?

한쪽 다리가 불편해 제대로 뛰는 것조차 불가능한데 애초에 싸움이 되기나 할까?

괜한 짓을 하는 걸까?

이제 정말 죽는 걸까?

누군가가 나서길 기대하면서도 결국 자신이 나서는 이유는 다른 게 아니었다. 결국 아무리 기다려도 백마 탄 초인은 나타나지 않기 때문이다.

몇 년, 몇십 년, 몇백 년을 기다려도 마찬가지다. 세상을 바꿀 초인은, 위인은 나타나지 않는다. 언제까지 기다리기만 할텐가?

이런저런 이유를 다 떠나서 눈앞에서 빤히 잘못된 일이 벌어지고 있는데 그걸 무시할 수는 없었다. 동해가 늘 마음에 품고 있는 말이 하나 있었다.

아닌 건 아니라는 것이다. 잘못된 건 바로 잡아야 하고 아닌 건 부정을 해야 한다.

그런 일을 한다고 어떤 이득이 있을까? 이득 같은 건 없다. 많은 사람들이 오히려 바보 같은 짓이라고 욕하며 손가락질 할지도 모른다.

하지만 다수라고 해서 꼭 옳은 것만은 아니다.

모두가 고개를 저어도 이 세상에 태어난 이상 해야만 하는 일이 있는 법이다. 불가능하다고 해도, 의미 없다고 해도 반드시 해야만 하는 일.

세상은 실패의 연속이다. 패배의 연속이고 불가능의 밭이다. 하지만 패배했다고 해서, 실패했다고 해서 거기서 삶이 끝나는 것은 아니다. 왜냐하면 완전히 끝날 때까지는 정말로 끝난 게 아니기 때문이다.

"나?"

동해는 후드티를 입었다. 머리 위로 후드를 눌러썼다. 입에 마스크를 썼다. 그리고 답했다.

"나이트 후드."

"……나이트, 뭐?"

"나, 나이트 후드라고."

"후드, 뭐?"

"나이트, 후, 후드!"

"그게 뭐야?"

거기서 멋지게 딱 대답해야 했건만, 조급했는지 동해는 말을 더듬었다. 오랜만에 대답하려니 잘 되지 않았다. 어색한 것도 있고 겁이 났기 때문이다.

"나, 나이트 워커…… 아니, 그게 아니라 나이트 후드라고!"

"별 미친."

전기 사내는 불쾌한 기색을 보이며 이를 갈았다. 아무래도 나이트 후드를 잘 모르나 보다. 아무리 5년이란 세월이 흘렀다지만 나이트 후드를 모르다니. 동해는 때에 안 맞게 섭섭한 기분을 느꼈다.

"어이, 청년. 자네 미쳤어?"

"안 미쳤다."

전기 사내는 두 손에 전기를 끌어모았다. 사실 말은 그렇게 했지만 사내가 뿜는 푸른 스파크에 미쳐 버릴 것만 같았다.

동해가 중학생 시절, 전기에 감전된 적이 있었다. TV가 안 나와서 콘센트를 만지작거리다가 감전이 됐는데, 그때의 기억이 떠올랐다.

'미치겠네.'

동해는 덜덜 떨며 외쳤다.

"그만두는 게 좋을 거야! 죄 없는 사람들을 괴롭히지 마!"

"얼씨구? 이건 무슨 정의의 사도 납셨네. 잠깐만, 설마 너도 '힘'을 가진 거냐?"

동해는 순간 기지를 발휘하여 대답했다.

"그래. 나도 너와 같아. 객기 부리다가 큰코다칠 수 있어. 조심하는 게 좋을 거야."

"흐음."

전기 사내는 손가락을 튕겨 보았다. 그러자 미약한 전기가 동해의 몸에 흘러들어갔다.

"끄아악!"

동해는 찌릿한 기분에 온몸을 부르르 떨며 자리에 쓰러졌다. 철판 위에서 달궈지는 오징어 같은 모양새였다. 그 모습에 전기 사내는 코웃음을 쳤다.

"이거 뭐야? 너 능력자라며. 근데 지금 그게 무슨 꼴이야?"

"크윽."

"이 새끼 이거 구라였구만."

전기 사내는 다시 손가락을 튕겼다. 그러자 이번에는 여러 번 전기가 관통했다.

"아아악!"

전기 사내는 일부러 약한 전류를 흘려보냈다. 마음만 먹으면 단숨에 통구이로 만들어 버릴 수도 있었지만 그러지 않았다.

동해의 등장에 살짝 긴장했던 게 사실이었다. 그 사실이 민망했는지 약한 전류로 길게 괴롭혔다.

"이 새끼가 어디서 거짓말을 하고 있어? 너 미쳤나? 지체 장애야?"

"크윽! 너야말로 미친 거지! 왜 죄 없는 사람들을 괴롭히는 건데! 그거야말로 정신 나간 짓이다!"

"이게 끝까지 발악하네."

전기 사내는 전압을 올렸다. 동해는 바닥을 뒹굴며 죽을 것처럼 비명을 질렀다. 그 타이밍에 거리의 사람들은 안전한 곳으로 도망칠 수 있었다.

"왜 이렇게 비실비실해? 정의의 사도처럼 등장했으면 어디 한번 능력을 보여 주라고."

전기 사내는 즐기고 있었다. 자신이 주는 전류에 타인이 고통스러워하는 걸 즐거워하고 있었다.

"끄윽!"

고통에 겨워하던 동해의 비명이 뚝 끊겼다. 몇 번이고 전류를 넣어 보지만 동해는 움직이지 않았다.

"죽은 건가?"

"안 죽었다……."

동해는 아직 정신을 잃지 않았다. 비틀거리면서도 부득부득 자리에서 일어났다.

"고작 그거냐? 아까는 세상을 뒤집을 것처럼 나타나더니 고작 나 하나 못 죽이냐!"

"어라? 안 죽었잖아?"

"그래 안 죽었다! 네놈의 전기로는 죽고 싶어도 죽을 수가 없거든! 그 정도는 그냥 시원할 뿐이야!"

"그 망할 주둥이부터 지져야겠군."

전기 사내는 동해의 얼굴에 전류를 뿌렸다.

"끄아악!"

동해의 눈앞에서 빛이 폭발했다. 전류가 동해의 코 속으로,

눈으로, 귀로, 입안으로 파고들었다. 식도를 태웠으며 각막을 태웠다. 뜨겁게 뇌를 지졌다.

피부가 타들어갔으며 머리 위로는 뜨거운 김을 뿜었다. 동해의 몸이 실 풀린 인형처럼 바닥에 쓰러졌다.

"능력이 아주 없지는 않군. 바퀴벌레처럼 질긴 생명력을 가졌어. 뭐, 지금은 죽은 것 같지만 말이야."

척.

동해는 아직 죽지 않았다. 부들부들 손을 뻗어 전기 사내의 발목을 붙잡고 있었다. 동해는 고개를 들어 사내를 올려다보았다.

"안 끝났어……."

"이 자식."

"안 끝났다고. 이게 다야? 다 끝난 거야? 난 이제 시작이라고."

그렇게 말하는 동해의 눈은 각막이 타들어 가 하얗게 물들어 있었다. 검은자위가 사라져 있었다. 그 모습에 전기 사내는 살짝 위축됐다. 질린다는 표정이다.

"그래. 근성 하나는 인정해 주마. 하지만 네가 뭘 할 수 있지? 그냥 꿈틀거리는 거 말고 뭘 할 수 있냐고. 대체 이렇게까지 하는 이유가 뭐야?"

"잘못된 거니까."

"뭐?"

"네가 하고 있는 짓이 잘못된 거니까…… 그리고 내가 봤으니까. 네가 하고 있는 잘못된 짓이 내 앞에서 벌어지고 있으니까, 모른 척하기 싫으니까…… 아닌 건 아닌 거니까. 그리고……."

동해는 기어들어 가는 목소리로 말했다.

"누군가는 해야 하니까…… 이 나쁜 새끼야……."

전기 사내는 최후의 일격을 준비했다. 지금까지는 설설했지만 그러기에 동해의 생명력이 너무 끈질겼다. 온 힘을 다해 마지막 일격을 가하려 했다.

"그만 죽어."

두 손에 강렬한 스파크를 모았다. 갑자기 하늘이 어두워지며 거대한 천둥소리가 울려 퍼졌다. 사내가 손짓하자 구름이 물러나며 그 사이로 거대한 번개가 내려왔다.

콰지직!

유리에 금이 가듯 번개가 그려졌고 정확히 동해의 위로 떨어졌다. 거대한 번개가 떨어지자 사방에 후폭풍이 몰아쳤다.

돌가루와 먼지가 휘날렸으며 도로에 세워져 있던 자동차들이 들썩거렸다.

"하하. 이제 끝났겠지. 응?"

먼지가 걷히고 동해의 모습이 드러났다. 옷 여기저기가 찢어졌으며 피부 곳곳이 까맣게 타 버렸다. 머리카락은 번개에 맞아 산발이 되었으며 주변에는 피가 흥건했다.

전기 사내는 혹시 몰라 동해를 관찰했다. 바닥에 엎어진 동해는 움직이지 않았다. 한참을 바라보았지만 동해는 끝끝내 움직이지 않았다. 전기 사내는 한숨을 쉬며 뒤로 돌았다.

"더럽게 끈질기네, 정말."

훼방꾼을 끝장낸 전기 사내는 이제 뭘 할지 고민했다. 마저 더 깽판을 칠지 아니면 다른 곳에 가서 쉴지 생각했다.

"에이. 웬 이상한 녀석 때문에 기분도 잡쳤고 그냥 돌아가지 뭐."

전기 사내는 발길을 돌렸다. 흥이 끊긴 것이다. 그렇게 사내는 멀어졌고 동해는 여전히 그 자리에 쓰러져 있다. 미동조차 하지 않았으며 맥박에 의한 떨림조차 없었다.

그리고 잠시.

동해의 손가락이 미약하게 움직였다.

〈Fin〉

작가 후기

무슨 말을 해야 할까요. 우선 지금까지 읽어 주신 독자님들께 감사드립니다. 굉장히 유치하면서도 끝에 가서는 우울해 빠진 이야기를 읽으시느라 고생하셨습니다(……). 그래도 하고자 하는 이야기는 글 안에 모두 담았다고 생각합니다.

믿으실지 모르겠습니다만, 저는 글을 쓸 때 늘 희망이라는 테마를 안에 담습니다. 희망이라든지, 긍정 같은 것들이요. 나이트 워커 안에도 분명 긍정과 희망을 담았다고 저는 그렇게 생각합니다.

희망이라는 건 그냥 아무 곳에서나 우뚝 샘솟는 게 아니라, 절망 안에 자그맣게 숨겨져 있는 거니까요. 나이트 워커는 배드엔딩이 아닙니다. 제대로 된 결판은 아직 나지 않았으니까요.

세상은 개판이 되었고 자격이 없는 자들에게 감당할 수 없는 힘이 생겼죠. 초월적인 힘을 지닌 초능력자들이 우후죽순

생겨났습니다. 반면 우리의 나이트 후드, 동해는 기를 잃고 심지어 다리마저 절룩거립니다. 보금자리마저 잃게 되었지요.

물론 나이트 워커는 5권으로 완결이 났습니다. 6권이나 2부도 없습니다. 하지만 그렇다고 해서 동해의 이야기가 완전하게 끝난 것은 아닙니다.

동해가 비록 절망적인 상황에 놓여 있지만, 본문에 나온 것처럼 완전히 끝날 때까지 끝난 건 아니거든요. 아직 끝나지 않은, 끝날 수 없는, 끝내서는 안 되는 동해의 이야기는 독자 여러분들의 상상과 기대, 꿈속에서 이어 주셨으면 하는 바람입니다.

다시 한 번 고개 숙여 감사드립니다. 제 이름이, 이 작품이 그냥 스치는 작품이 아니라 여러분들의 가슴에 남는 작품이 되었으면 합니다. 다음 작품에서는 보다 더 발전된 모습으로 찾아뵙겠습니다. 그때까지 안녕히 계세요.

임동욱

Night Walker Returns
Coming Soon...?

劍望刀

임무성 신무협 장편소설
ORIENTAL FANTASYSTORY & ADVENTURE

검황도제

국 장르 문학계의 신화가 된
제의 검 작가 임무성
의 손끝에서 열리는 무협의 새로운 지평!

검황도제

과 도가 합일을 이루는 그날
로 얼룩진 난세가 끝나고 천하에 드리워진 그림자가 걷혀
시없는 광명의 시절이 도래하리라.

★
dream
books
드림북스

익사이터

『영웅 & 마왕 & 악당』의 작가 무영자의 최신작

자칭 세계제일의 추색탐험전문가, 카잔!
교수대에 목이 걸려도 박장대소하는 괴짜의 이야기!

TYPE–S
무영자 판타지 장편 소설
FANTASY STORY & ADVENTURE

dream
books
드림북스

『생사신』, 『삼류자객』, 『천마봉』의 작가!
몽월 신무협 장편 소설

『도지산』

명공명무(名工名武)라, 천지악에게 주어진 건
일렁이는 불길이었으되 그 자신으로 한 자루 명도가 되어
강호를 베어낼, 처절한 숙명이었다!

dream
books
드림북스

『소천무쌍』, 『위드카일러』의 작가
가람검 판타지 장편소설!

『라이던 킹』

기회와 운명이 선택한 자! 엠페러 런이 길러 낸 유일한 황제, 라이던.
부디 가장 위대한 황제가 되어
마하칸 제국의 영광을 다시 한 번 실현시켜라!

dream books
드림북